시린 발

금희 외

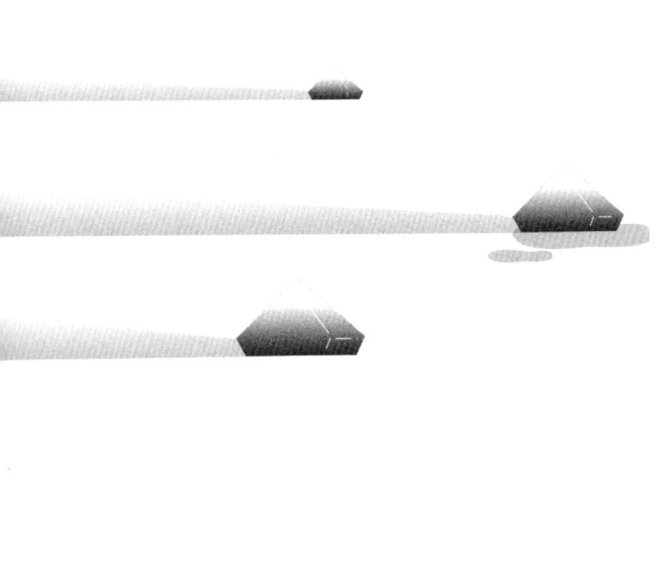

기획의 말

추리의 재림

에드가 앨런 포를 기억합니다. 그가 『모르그가의 살인 사건』을 발표한 이후 근 200년 동안 추리소설은 꾸준한 사랑을 받으며 독자층을 넓혀왔습니다. 그럼에도 불구하고, 그간 국내 추리소설은 하나의 장르로 온전히 자리매김하지 못한 채, 문학장 주변을 겉돌았을 뿐입니다. '장르문학'으로 뭉뚱그려져 제대로 읽히지도, 쓰이지도 못한 것이 현실입니다. 한때 주류 문단에서는 장르문학을 천대하는 인식이 없지 않았고 그 여파가 오래도록 지속된 탓입니다. 걷는사람이 이번 소설집을 기획한 것은 이 같은 분위기를 조금이나마 감쇄해보고 싶었기 때문입니다. 그리고 무엇보다 추리라는 문학 장르를 아주 많이 사랑하고 있기 때문입니다. 이런 이유로, 걷는사람은 손바닥소설집 '짧아도 괜찮아' 시리즈의 세 번째 테마를 추리소설로 정하는 데 조금의 주저함도 없었습니다.

걷는사람의 이번 기획에는 현재 우리 문학장에서 활발히 활동하고 있는 젊은 소설가들이 적극 동참해주었습니다. 다행스럽고 고마운 일입니다. 작가들은 추리 장르적 문법과 규칙에 따른, 혹은 추리적 요소를 풍부하게 갖춘 짧지만 강렬한 이야기를 통해 저마다의 독특한 개성을 발휘했습니다. 지금껏 집필해온 소설들과는 확연히 결이 다른 소설, 어쩌면 다분히 낯선 작업이었음에도 반가운 기색으로 응답해준 작가들께 다시금 고마운 마음을 전합니다. 작가들의 이번 시도는 작가 개개인에게도 유의미한 도전이었을 테지만, 보다 넓게는 추리소설을 단순히 재미를 위한 대중소설로 구분하는 통념을 부수는 데 크게 기여할 것입니다. 보다 신선한 주제와 소재, 완성도 높은 구성으로 기존의 소설 독자들에게 새로운 재미를 선사할 것입니다.

실제로, 걷는사람 편집부에서는 이번 책을 만드는 내내 "와, 재밌다!"를 연발하였습니다. 그러면서 어서 빨리 이 작품들을 독자들과 만나게 하고 싶었습니다. 마침내, 여름의 첫머리에 이토록 '시린 발'을 내밀 수 있어 기쁩니다. 서늘한, 아니 그보다는 선득한 이 독서의 경험이 지금을 만끽하는 중요한 단서가 되리라 믿습니다.

2018년 7월
걷는사람 편집부

차례

금 희	실종된 아이	8
안보윤	공교로운 사람들	36
우승미	검은 숲	52
이동욱	이다지도 간결하고 정숙한	68
이영훈	책을 찾는 사람	86
이 유	시린 발	106
임국영	메추리섬의 비닐	128
임승훈	너무 시끄러워서	146
전아리	그 골목을 돌아가면	166
정지돈	아시아의 마지막 밤 풍경	182
주원규	네 남자 이야기	196
채현선	종점식당	210

실종된 아이

금희

2007년 윤동주신인문학상을 수상하며
작품활동을 시작했다. 소설집 『슈뢰딩거의 상자』
『세상에 없는 나의 집』 등이 있다.

k시.

역전 광장 지하의 대형 마트 입구. 회색 점퍼를 입고 검은 야구모자를 눌러쓴 사내. 모자 밑으로 드러나는 희끗한 새치. 사내는 녹음 버튼을 누른 채 전화를 귓가에 댄다. "난데. 낼모레 10일 표 끊었다. 내가 그쪽으로 갈게, 같이 시골로 내려가서…… 하자."

전화기 저쪽에서 가느다란 한숨이 들린다. "알았어. 그렇게 해주면…… 나도, 양보할게." 사내의 관자놀이가 움찔한다. "그건 나중에 가서 보고, 주소는?" "○○구역 행복아파트…… 부근. 거기까지 와서 전화해." 전화를 끊고 사내는 얼굴을 얼그러뜨린다. 신음소리 같은 한숨이 그의 가슴속 깊은 곳에서 빠져나온다. 사내는 마트 입구의 커다란 광고판에 붙은 k시의 지도를 들여다 본다. ○○구역 행복아파트라…….

* * *

아이들은 놀고 있었다. 아파트 출입구 갈림길 부근의 공지였다. 칠이 벗겨진 나무 벤치와 금이 간 돌걸상이 가로세로 대여섯 개 놓여 있었고 도로 맞은편 정비소 마당에는 버스를 기다리는 사람이 한둘 서 있었다. 아이들은 공지 한쪽 귀퉁이에 무져놓은 모래 더미 곁에서 장난하고 있었다. 예닐곱 살쯤 되어 보이는 큰 아이는 부러진 일회용 젓가락으로 모래 더미에 굴을 파고 있었고, 두 살 정도로 보이는 작은 아이는 보동보동한 손으로 모래를 조물락거렸다. 작은 아이가 꼬깃꼬깃한 사탕 봉지를 주워 입가로 가져가자, 큰 아이가 재빨리 빼앗아 던져버렸다. "안 돼, 뻰빈아. 그건 더러워. 먹으면 배가 아플 거란 말이야."

아파트는 건축된 지 20년쯤 되는 구식 건물이었다. k시에서는 더 이상 이런 7층 집 주택을 짓지 않았다. 여섯 동밖에 되지 않는 아파트는 지금 막 신축되고 있는 고층 건물들에 둘러싸여 있었다. 젊고 건장한 이리 떼들에게 포위당한 늙은 개처럼. 아파트에는 경비실도 관리사무실도 없었고 드나드는 차량들을 잠시 제지시킬 수 있는 가늠대도 설치돼 있지 않았다. 젊은이들보다 나이 든 노부부가, 현지인들보다는 타지인 세입자들이 더 많았다.

4월의 해는 아직 쌀쌀했다. 오후 나절의 바람이 아이들 이마의 땀방울을 식혀주었다. 얼굴에서 흐르는 땀줄기는 말라버린 강바닥마냥 먼지 자국이 또렷했다. 여자는 아이들과 대여섯 미터 떨어진 돌걸상에 앉아 있었다. 행인들이 지나가다가 "어머, 이 초롱초롱한 눈들 봐. 둘이 형제인가요?" 물으면 여자는 그냥 희미하게 웃어넘겼다. 삼십대 초반으로 보이는 여자는 갸름한 얼굴에 맞춤한 살집을 가지고 있었고, 꼬불꼬불 작은 컬로 한가득 파마한 머리를 하나로 높이 묶어 올렸다. 여자는 손톱을 길게 기른 손가락으로 핸드폰을 쉴 새 없이 만지작거렸다. 열심히 타이핑을 하다가는 갑자기 소스라치게 놀라며 아이들 쪽을 돌아보곤 했다. 여자가 다시 핸드폰 속으로 빠져버린 순간 한 사내가 아이들 쪽으로 걸어가고 있었다. 검은 야구모자에 일회용 마스크를 착용한 모습이었다. 큰 아이가 뿌린 모래 먼지에 사내는 잠깐 걸음을 멈췄다. 큰 아이는 본능적으로 동작을 멈추고 사내를 올려다보았다. 작은 아이는 아무것도 감지하지 못한 채 여전히 쫑알거리며 물놀이하듯 모래 속을 헤집었다. 사내는 아무 말도 하지 않았다. 약간 짜증이 난 듯 보였지만 곧 그들을 지나쳐갔다.

여자는 마지막으로 확인 문자를 보냈다. "행복아파

트 4동 305호, 복도 남쪽 끝에서 두 번째 집." 4월 8일 오후 4시 5분, 문자가 전송되는 사이 여자는 입술을 잘근잘근 씹었다. 여자는 핸드폰 화면을 잠그고 나서 주머니에 넣으며 일어섰다. "씬신아欣欣~! 삔빈아斌斌~! 이제 집에 가자~!" 아이들은 모래 먼지를 뽀야니 뒤집어쓰고서 여자 쪽을 쳐다보았다. 조금이라도 더 연장할 수 있나 하는 눈빛으로.

열아홉이 된 칭린青林은 그 시절의 일들을 많이 잊어버렸다. 그 일이 있고 나서 5개월이 더 지나서야 그는 학전반에 들어갈 수 있었다. 또래 애들보다 한 해 늦은 나이였다. 어렸을 때 만났던 이웃집 애들은 모두 기억나지 않았지만 삔빈이는 생각났다. 까까머리에 한쪽 눈만 크게 쌍꺼풀졌던 아이. 입가에 침을 졸졸 흘리던 아이. 형이라는 발음이 잘 되지 않아 늘쌍 '꼬고哥哥'라고 부르던 아이. 모래 더미 속에서 더러운 사탕 봉지를 찾아 주워 먹던 아이……

그날 저녁, 칭린은 침대에 누워 눈을 꼭 감고 있었다. 집에 손님이 왔으므로 빨리 잠들어야 한다는 것을 그는 알고 있었다. 잠이 들려고 하면 할수록 잠은 오지 않았다. 칭린은 눈을 감은 채 머릿속으로 아무 생각이나 떠올려보았다. 그러자 며칠 전 공지에서 만났던 또래 여자아이가 나타났다. 반짝이가 달린 핑크빛 원피스를 예쁘게 차려입은 여자아이였다. "난 잠이 오지 않으면 엄마더러 동화책을 읽어달라고 해. 우리 엄마는 글자를 참 잘 읽어. 목소리도 아주 듣기 좋지. 엄마가 책을 읽어주는 소리를 들으면 나는 잠이 정말 잘 와." 칭린은 이렇게 말했다. "뭐? 동화책이라구? 하지만 우리 엄마는 그런 걸 한 번도 읽어주지 않았는걸. 우리 엄마도 글자를 읽을 수는 있어." 여자아이는 입을 가리고 호호 웃었다. "책을 읽어주지 않는 엄마가 있다구? 거짓말. 그런 엄마가 어디 있니? 우리 유치원 친구들 엄마는 다 읽어주는데. 숙제도 같이 하는걸." 칭린은 더 이상 말하지 않았다. 그 여자아이는 아무것도 몰랐다. 세상에는 책을 읽어주지 않는 엄마도 있고, 숙제를 같이 하지 않는 엄마도, 아이를 유치원에 보내지 않는 엄마도 있다는 것을.

유치원을 생각하면 칭린은 슬퍼졌다. 오후 나절, 공지에서 놀다가 노란 메뚜기버스(스쿨버스)가 지나가는 것을 보면 칭린은 길가로 달려가서 차가 멀어질 때까지 구경했었다. 울트라맨이나 미키마우스가 인쇄된 가방을 메고 아빠의 자전거 뒤에 앉아 가는 또래 아이들을 볼 때도 많았다. 칭린은 안장 위에서 두 발을 늘어뜨리고 가는 그 아이들의 노곤한 표정이 부러웠다. 언젠가는 자신도 가쯘하게 이발을 하고, 물컵을 꽂아 넣은 가방을 메고, 선생님이 맞이해주는 메뚜기버스를 타고 싶었다. "엄마, 나는 왜 유치원에 안 가?" 하고 칭린이 춘란에게 물은 적이 있었다. 춘란은 화장대 앞에 앉아 진하게 아이라인을 그리다가 멈추고 돌아보았다. "왜? 너도 그런 데 가고 싶어졌니?" 칭린은 대답하지 않고 머리를 가만히 수그렸다. 자기가 또 춘란을 '귀찮게' 하지 않았나 싶어서 마음이 불안했다. 춘란은 걸핏하면 술을 마시고 들어와서 베개를 집어던지며 칭린에게 '러이쭈이贅贅'라고 욕을 했다. 칭린은 그 단어의 정확한 뜻은 알 수 없었지만 본능적으로 춘란이 그것을 아주 알맞게 골라 썼다고 느꼈다. 춘란은 '유치원'에 대해 아무런 설명도 붙이지 않은 채 다시 거울을 보며 빨간 립스틱을 칠했다. '손님'을 만나러 가야 하는 모양이었다.

춘란은 '손님'을 거의 바깥에서 만났다. 그날처럼 집까지 찾아오는 손님은 드물었다. 그들을 만나고 돌아오는 길에는 칭린에게 햄버거나 구운 닭다리 같은 것을 사주기도 했다. 칭린은 '손님'이 돈하고 상관있는 족속인 줄 스스로 깨달았다. 춘란이 나가면 돌아올 때까지 칭린은 혼자 있어야 했다. 칭린은 혼자 있는 일에 익숙했다. 기억을 할 수 있을 때부터 칭린은 혼자 자주 있었다. 젖먹이 때에는 외할머니가 올라와서 가끔 봐주었다고도 했다. 외할머니는 이제 올라오지 않았고 칭린은 온종일 춘란이 사다놓은 과자와 빵을 먹으면서 놀았다. 티비를 보기도 하고, 게임을 하기도 하고, 장난감을 가지고 놀다가 서랍을 몽땅 들춰내기도 하고, 감자 깎는

칼로 당근 껍질을 벗기기도 했다. 애호박 하나를 칼로 토막 낸 저녁, 춘란에게 된통 맞은 담에는 다시 칼을 가지고 놀지 않았다.

정말로 무섭거나 심심하거나 혼자 있기 싫어 떼를 부리면 춘란은 가끔 자신이 먹는 사탕 알을 하나 꺼내 화장대 위에 놓아두었다. 그 사탕을 먹으면 얼마 지나지 않아 곧 머리가 흐리멍덩해지면서 눈꺼풀이 내려왔다. 자기도 모르는 새 잠이 폭 들다가 어슬어슬 깨어나면 벌써 밤이 되어서 춘란이 돌아올 시간이 가까워왔다. 춘란은 웬만해서 사탕을 주지 않았다. 춘란처럼 혼자 아이를 돌보는 뻰빈이 엄마에게는 어디서 살 수 있는지 가르쳐주었다. 공지에서 놀 때에 뻰빈이도 가끔 병든 닭처럼 꼬박꼬박 졸았다.

'유치원' 얘기를 꺼낼 만큼 큰 후에 춘란은 칭린의 목에 열쇠를 걸어주었다. 방 안에서 놀다가 지루하면 바깥에 나갈 수 있도록. 그러나 아파트 출입구의 공지 그 이상은 더 나갈 수 없다고 단단히 일러두었다. "세상에는 나쁜 사람들이 득실거린단다. 아이를 전문 잡아가는 아저씨들도 있지. 사탕이나 장난감 같은 거 준다고 해서 따라가면 안 돼. 엄마한테 데려다준다고 해도 믿으면 못써. 일단 따라가기만 하면 넌 끝장이야. 알겠니?" 칭린은 곰곰이 생각해보다가 이렇게 말했다. "할머니나 아줌마들은 괜찮지 않나? 우리 아파트 공지에는 자기 집 아이들을 데리고 나오는 아줌마나 할머니들이 많은데." 그 말에 춘란은 얼굴을 얼그러뜨렸다. "아니! 아줌마나 할머니들도 안 돼! 어떤 아저씨는 아줌마랑 같이 짜고 아이를 잡아가거든. 넌 내가 사준 간식만 먹거라. 내가 없으면 누구든 문 열어주지 말고. 혹시 주위에서 얼쩡거리는 사람 있으면 바로 집으로 달려오는 거다." 마지막으로 춘란은 한 가지 더 알려주었다. "만에 하나, 누군가 너를 덥썩 안고 달려간다면 그때는 죽을힘을 다해 소리 지르거라. 런판즈人販子예요~! 도와주세요~! 난 이 사람 몰라요~! 하고."

춘란은 이 모든 '비상대비 매뉴얼'을 전수해주고 나서 힘에 부친지 소파에 털썩 물러앉았다. "나는 전생에 틀림없이 아주 나쁜 년이었는가 봐. 이 무슨 기구한 팔자람." 춘란은 습관처럼 칭린을 쳐다보았다. 그녀 인생의 불운이 모두 칭린 때문이라는 듯이. 칭린은 춘란에게 다가가 목을 꼭 그러안았다. "엄마, 나 빨리빨리 커서 돈 많이 벌어줄게. 방 두 개짜리 집도 사주고 엄마 좋아하는 빨간색 차도 사줄게. '손님' 만나러 갈 때 빨간 차 몰고 가게." 춘란은 칭린의 엉덩이를 퍽퍽 두들기며 웃었다. "요놈 말하는 거 좀 봐. 네놈도 남자라고 입은 달콤하구나. 자고로 여자란 이런 말에 넘어가지 말아야 하는 건데." 칭린은 춘란이 자신의 말에 기분이 좋아졌다고 생각했다. 춘란은 그즈음 전보다 더 자주

'손님'을 만나는 것 같았다.

그날 저녁, 집까지 찾아온 '손님'은 검은 야구모자를 쓴 남자였다. 키는 그닥 크지 않았는데 아주 날렵한 데가 있었다. 남자는 작고 까만 눈을 쉴 새 없이 판들거렸다. 복도나 이웃집에서 나는 소리에도 민감하게 반응하곤 했다. 공지에서 돌아와 춘란이 해준 토마토계란볶음 덮밥을 먹고 있는데 남자가 철문을 두드렸다. 춘란은 남자의 방문을 미리 알고 있었던 듯 그리 놀라지 않았다. 남자는 흰 술 두 병과 구운 닭, 매운 오리 머리와 땅콩 따위 안주를 사들고 들어왔다. 남자는 들어오면서 밥상에 마주 앉은 칭린을 슬쩍 쳐다보았다. "오랜만이다, 유춘란. 애가 벌써 이렇게 컸구나. 이 애가 그 애야? 6, 7년 됐지? 아마?"

춘란은 얼굴색이 확 변했다. "주둥이 조심해서 놀려라. 내가 아직도 옛날의 춘란인 줄 아니?" 칭린은 그들의 수작을 못 본 척하고 덮밥만 퍼먹었다. 그 정도의 욕지기는 아무것도 아니었다. 남자는 하하 너털웃음을 웃으면서 술병 뚜껑을 따서 탁 소리 나게 상 위에 놓았다. 권하지도 않은 걸상에 앉아서는 비닐봉지를 헤쳐 닭다리 하나를 뜯어 칭린에게 건네주었다. 그는 춘란이 가져온 컵에 술을 조금씩 따랐다. "전날의 유춘란이 아니라구? 좋지, 그게 좋은 거야!" 그러나 술을 두어 잔 마시고 나서는 흥 코웃음을 쳤다. "그래서, 넌 지금 '몸으로'

벌어먹고 사니? 넌 내가 아직도 '육표肉票(인신매매) 장사'나 한다고 웃지만, 너나 나나 하는 일이 '광채스럽지' 못하기는 매한가지 아니야? 메기 놈이 너 사진을 보여줬을 때 깜짝 놀랐다. 우리 인연이 아직 끊어지지 않았나봐."

칭린은 춘란의 얼굴이 불그레 취기가 도는 것을 보고 침대로 기어 올라갔다. 남자는 많은 말들을 했다. "유춘란, 우리 같이 일할 때가 얼마나 좋았니? 다른 연놈들보다 특히나 손발이 척척 맞았잖아. 그때는 시세도 좋아서 한 건 하면 떨어지는 것도 많았지. 니가 가고 나서 너처럼 잘 맞는 사람이 없었어. 침대에서도……." 남자는 칭린의 뒤 잔등을 보면서 음흉하게 웃었다. 칭린은 바지를 벗어 차곡차곡 개어 발치에 놓고 이불 속으로 들어갔다. "야~, 저놈 저거 깔끔한 거 봐라. 누굴 닮았을까, 니가 가르쳤을 리는 없고, 설마 내 새끼는 아니겠지?" 춘란은 짝! 소리나게 남자를 때렸다. "개자식아, 그만하라고 했지? 주둥아리를 확 찢어놓아야 조용할까." 칭린은 눈을 감았다. 그러나 자신에 대한 말들이 더 나올까 귀는 활짝 열어놓았다.

이웃집 뻰빈네에서 시끄러운 소리가 들리기 시작한 것은 그즈음이었다. 젊은 남자와 여자가 다투는 소리였다. "더 이상은 참을 수 없어!" "뭐? 처음부터 책임지겠다고 한 사람이 누군데?" 그들의 목소리는 절망적이었다. 뻰빈이가 자다 일어났는지 칭칭 우는 소리가 들렸다. 며칠 전에도, 그전에도 이런 다툼이 있었다. 춘란이 땅콩을 빠득빠득 씹으면서 웃었다. "다들 너무 어린 게 탈이야. 아무리 좋아했던 동창이라 해도 이젠 애까지 딸렸는데 어디 그리 쉬울까." 남자가 흥미롭다는 듯 뻰빈네 쪽 벽을 쳐다보았다. "그럼 저 집도 본부본처 아닌가벼?" "한두 달쯤 됐을 걸. 남자가 집을 세 맡더니 애 딸린 유부녀를 들이더라구. 본남편이 이혼해주기를 기다리나 봐." "얼마나 큰 앤데? 어쩌자고 데리고 왔대?" "이제 두 살짜리 남자애. 본남편이 달라고 했는데, 그때는 마음이 모질지 못해서 데리고 왔대. 이 남자가 책임지겠다는 말을 믿었나 봐." 헐, 남자는 피식 웃었다. 벽 너머에서 두 사람의 언성은 점점 높아져갔다. 홧김에 무엇을 던졌는지 와당탕 소리도 났다. 잠시 후에는 문이 벌컥 열리는 소리, 누군가 씩씩 복도로 나가는 소리, 그리고 문이 쾅 닫히는 소리가 났다.

칭린의 귓가에서 뻰빈이 나직이 떼를 쓰는 소리가 환청처럼 계속 들렸다. 잠결에 뻰빈의 엄마가 흐느끼는 소리도 들렸다. 가물가물 정신이 흐려질 즈음 칭린은 또 다른 문소리에 순간 잠을 깼다. 이번엔 뻰빈이 엄마가 나가는가, 맞은편 집인가, 칭린은 눈을 게슴츠레 떴다. 형광등은 여전히 어둑한 방 안을 비추고 있었고 춘란과 남자는 금방 전처럼 밥상 앞에 앉아 있었다. "옆집 여자 지금 나간 거야? 이 밤에?" 남자는 말하면서 일어서서 문 쪽으로 다가갔다. "왜? 뭐 하려고?" 뒤이어 춘란의 긴장한 목소리. 대답 없이 남자는 문을 빠끔 열고 내다본다. 호주머니 속에서 쇠줄 같은 것을 꺼내면서. "어, 문이…… 잘 됐네, 이런 횡재가…….'' 극력 낮춰 쉬쉬거리는 남자의 목소리. "썩어질 놈의 로우치老牛! 허튼 생각 하지 마, 이건 반칙이야……." 그러나 이미 사라진 남자, 잠시 뒤 복도에서 들리는 조급한 발걸음 소리. "야, 유춘란! 오늘 나 여기 안 왔다, 알지?" 들릴락말락 한 소리, 멀어지는 발걸음. "저 짐승보다 못한 놈……!" 춘란은 문 어귀에 서서 칭린과 복도 쪽을 번갈아 보았다. 춘란이 문간에 한 발을 내딛고 서 있는 모습은 꿈속처럼 희미했다.

11년 전 행복아파트 부근 구역을 담당하고 있던 장 형사의 파일에는 이런 진술서와 녹음 테이프들이 들어 있었었다. 실종 신고는 4월 9일 아침 9시 45분에 접수되었다.

이름   탕따하이汤大海

성별   남

신분증 번호   222***19751014***

진술서   저는 4월 9일 아침 8시 반에 행복아파트 4동

306호에 도착했습니다. 문을 계속 두드렸는데 열지 않았습니다. 그 집이 확실히 제 아내 천위훙이 든 셋집이라는 것을 알고 있었기에 열쇠 수리집 전화를 찾아 문을 땄습니다. 집 안에는 아무도 없었습니다. 아침 9시쯤 돼서 아내가 돌아왔습니다. 아이가 보이지 않길래 물었더니 아내도 모른다고 했습니다. 경찰 동지, 우리 아이는 삼대독자랍니다. 아이만 찾을 수 있다면 무슨 일이든 다 하겠습니다. 제발 빨리 찾아주세요.

이름 천위훙千玉红
성별 여
신분증 번호 223***19960609****
진술서 저는 4월 8일 저녁 10시 반쯤 잠깐 일이 생겨서 바깥에 나갔습니다. 아이는 그때 자고 있었구요, 잠깐이면 될 줄 알고 나갔는데 한 시간 더 걸린 것 같았습니다. 돌아와보니 아이가 없어졌습니다. 혼자 여기저기 찾아보았는데 아무 소득이 없었습니다. 밤중이라 신고도 못 하고 새벽에 잠깐 눈을 붙였다가 아침나절 다시 나가보았지만 역시 찾을 수 없었습니다. 신고하려고 신분증 가지러 들렀던 참에 남편을 보았습니다. 저는 k시에 아는 사람도 별로 없구요, 가끔 옆집 언니한테 맡기는 외에는 거의 혼자서 애를 돌보았답니다. 애를 데려갈 사람은 없습니다. 분명 어느 나쁜 놈이……. 흑흑흑,

혹시 우리 애가 잘못되기라도 하면 난 어떡하죠?

탕따하이의 두 번째 진술 녹음(4월 18일 오전 10시)

　어떻게 이런 일이? 그 조그만 아이를……. 살인범을 꼭 잡아주세요! 어떤 놈인지 내 눈으로 똑똑히 봐야겠습니다(괴로운 신음)……. 그래요, 이제 다 얘기할게요, 일이 이렇게 된 이상 감출 게 뭐가 있겠습니까? 사실 그날, 8일 밤 아내는 다른 남자랑 같이 그 집에 있었습니다. 네, 불륜이죠. 저도 남자가 있다는 것을 알고 있었습니다. k시에 오기 전부터 이혼해달라고 했으니까요. 아니, 시골에서 내가 벌어다 준 돈으로 애나 키우면 됐지 자꾸 도시로 나오겠다고 할 건 뭐랍니까? 그래요, 우리는 세대 차이가 좀 나죠. 철없는 나이에 부모가 주선하는 대로 시집을 덜컥 오고 보니까 여러모로 마음에 들지 않았을 수 있었겠죠. 우리 부모님이 혼자 애 키운다고 자주 들여다보면 그게 또 간섭이라지 뭡니까? 애가 돌 반쯤 되니까 중독된 것처럼 채팅을 하더니만 마음이 붕 떠서 어찌하나 도시로 나오겠다는 겁니다. 그때부터 말투가 좀 이상했지요. 나중에는 대놓고 말하더군요, 남자가 있는데 다시 시작하고 싶다고요. 전 거절했습니다. 그런 건 다 철없을 때 잠깐 지나가는 바람일 뿐, 시간이 흐르고 보면 후회할 가능성이 더 많을 수 있거든요. 안 그렇습니까? 그런데 이 여자는 나랑 상의도 없이 덜썩 k시로 올라오더라구요, 그 놈이 셋집도 찾아준 모양이죠. 둘이 처음에는 괜찮게 지내다가 나중에는 애가 아무래도 걸림돌이 된 것 같습니다. 애를 못 주겠다고 잡아떼다가 이제 와선 말이 바뀌었으니까요. 저는 사실 8일 날 이미 k시에 왔습니다. 연놈들이 어디서 어떻게 지내는지 내 눈으로 보고 싶어서요. 행복아파트에 와보니 제 아들 뻰빈이가 놀고 있더라구요. 애를 따라 올라가서 집 주소도 확인했습니다.

어떻게 할까 고민 좀 했죠. 저녁밥을 먹고 가보려 했는데 그놈이 집으로 쑥 들어가더라구요. 가슴에서 불이 일어났지만 참았습니다. 10시 반쯤 되어서 놈이 나왔습니다. 검은색 큰 멜가방을 멨어요. 네, 이건 분명합니다. 개 한 마리도 들어갈 수 있는 가방이었어요. 15분쯤 지나서 아내도 내려오더군요, 저는 혼자 있을 아이 생각이 나서 잠시 망설였지만, 이 시간에 애가 자고 있겠거니 생각하고 일단 아내를 뒤따랐습니다. 제가 뭘 보고 싶어 그랬겠습니까? 맹세컨대 지금 저도 그걸 잘 모르겠습니다. 아내는 어느 길가 여관 앞에서 울면서 전화를 했습니다. 아내가 여관 안으로 들어가고 얼마 지나지 않아 그놈도 도착했습니다. 정말이지 당장 쳐들어가고 싶었답니다. 그런데 이미 이혼하자고 한 이상 뭘 더 어떻게 하겠습니까? 저는 그 부근에 있는 다른 여관에 들어갔지요, 혼자 자정 넘도록 술을 마시고 잠들었습니다. 이튿날 아침 깨고 보니 애가 걱정이 되었어요. 그래도 밤중에 아내가 돌아갔겠거니 생각했습니다. 웬걸, 집에는 문을 두드려도 응대하는 사람이 없었고, 화나고 불안도 해서 문을 따버렸지요. 마시다 남은 술상이 그대로 있었고 침대 맡에는 숟가락이 담긴 유리컵이 있었습니다. 침대 위에는 2인용 이불이 젖혀져 있었는데 큰 베개는 이불 위에, 아이의 베개는 이불 속에 평온히 있었습니다. 아무 반항이 없었던 것처럼 말입니다.

의심 되는 사람이오? 전 그놈이 의심스럽습니다. 처음에는 아내를 꼬시려고 책임이니 뭐니 했겠지만 막상 아이가 같이 올라오니 부담스럽고 귀찮았겠지요. 그날 밤 메고 나온 가방도 이상했습니다. 혹시 그때 아이가 벌써 잘못되었지 않았을까요? 그놈이라면 어린아이 하나쯤 처치하는 것이 얼마나 쉽겠습니까……. 암튼, 경찰 동지, 진범을 꼭 잡아주세요! 제 눈으로 똑똑히 봐야겠습니다……!

런쑤어任硕의 진술 녹음

맹세코 저는 범인이 아닙니다! 그래요, 저는 천위홍과 중학교 동창입니다, 당신들이 말하는 내연남이겠지요. 시골을 떠나기 전 위홍은 남편과 이미 이혼하기로 했다더라구요. 전 정말 그런 줄 알고 하마터면 혼인 등기까지 할 뻔했지요. 학교 때 좋아했던 그녀를 다시 만나보니 옛정이 살아나는 것 같아서 좋았습니다. 그런데 아이는 감당하기 어려웠습니다. 저는 위홍이 당연히 아이를 두고 올 줄 알고, 농담 삼아 책임지겠다고 했습니다. 우리는 그 문제로 자주 싸웠구요, 나중에는 위홍이 아이를 돌려주겠다고 했습니다.

그날 저녁도 둘이 같이 술 좀 마시고 있는데 아이가 자다가 깼어요. 위홍이 얼리는데도 떼를 부렸습니다. 분위기는 다 깨지고, 겨우 참아오던 그동안의 화가 터지더군요. 그랬더니 위홍은 위홍 대로 나에게 화를 냈어요. 이 도시에 와서 아직 일자리도 없고 혼자 있다 보니 성격이 훨씬 예민해졌어요. 넋두리를 할라치면 끝도 밑도 없구요, 툭하면 눈물도 잘 흘렸지요. 암튼 둘이 티각태각하다가 내가 그 집을 나왔습니다. 가방이오? 네. 그건 제 가방 맞습니다. 그동안 그 집에 두고 다녔던 제 물건들을 챙겨 넣었습니다. 남편이 곧 도착한다는 말도 들었고, 둘 사이 관계를 지속할 수 있을까 걱정이 되기도 해서요. 전 그 가방을 제 부모님 집에 두었습니다. 확실합니다. 그리고 나서 위홍의 전화를 받았습니다. 우리 집 부근에 있는 모텔에 왔다구요. 저는 망설였지만 결국 나갔습니다.

우리는 거기서 밤을 보냈습니다. 위홍은 내게 미안했던지 어느 때보다 정열적이었습니다. 일이 끝나고 저는 바로 곯아떨어졌습니다. 아침에 일어나니 위홍이 제 곁에서 자고 있었습니다. 애는 어쩌고 나왔냐고 물었더니 수면제 한 알 먹여서 잘 자고 있을 거라고 하대요. 그런데 꿈자리가 사나워서 무섭다고 했습니다. 나더러 같이 돌아가자고 졸랐습니다. 저는 주저하다가 따라갔습니다. 그런데 셋집에는 위홍의 남편이 이미 와 있었습니다. 방 안은 어젯밤 정경과 비슷했고 다만 아이가 없어졌을 뿐이었어요.

이건 다 실말입니다. 아이가 부담스러웠던 건 사실이지만 왜 죽이기까지 하겠습니까? 위홍의 남편이 데려가면 그만인 걸요. 전 오히려 그 남편이란 작자가 더 의심스럽습니다. 의처증이 무척 심해서 애를 낳고도 친자식인지 의심하면서 많이 괴롭혔다더라구요. k시에 오는 것도 그래요, 정정당당하지 못하고 뭘 그렇게 숨기고 감추고 추적하고 그런답니까? 마음이 어둡고 이상한 사람이에요. 우리 먼저 셋집에 도착해서 문을 땄다고 했는데, 아이의 출생을 늘 의심하던 사람으로선 그 시간 동안 충분히 일을 저지를 수도 있지 않습니까? 나에게 그 덤터기를 씌우려고 말이에요. 안 그렇습니까?

천위홍의 두 번째 진술 녹음

삔빈이가 죽었다니요? 전 아직도 그게 믿기지 않습니다. 이제 겨우 23개월밖에 되지 않은 아이라구요. 말이 좀 늦어서 금방 두 음절짜리 단어를 발음하기 시작했는데……. 다 제 잘못이에요. 아이를 k시에 데리고 오지 않았더라면, 그날 저녁 내가 나가지 않았더라면, 아니, 그 인간과 결혼하지 않았더라면 이런 일이 없었겠지요. 이제 저는 어떡하죠? 흑흑흑…….

네, 범인을 잡아야 하니까, 제가 아는 것 그대로 다 얘기할게요. 그날 저녁 런쑤어가 집에 왔댔습니다. 제가 k시에 온 후, 일주일에 세네 번 들렀구요, 늦어지면 자고 가는 날도 많았습니다. 아이를 재워놓고 둘이 술 좀 마셨는데 애가 다시 깼습니다. 칭얼거리는 소리를 듣자마자 런쑤어가 팔짝 뛰며 반응을 했어요. 애가 또 깼냐구요. 다른 날 같으면 그 시간에 잠들면 거의 깨지 않고 아침까지 갔었는데 그날은 왜 몸이 불편했던지……. 제가 안고 얼러도 바로 잠들지 않았습니다. 저는 저대로 조급하고 불안하고 미안하고, 그리고 런쑤어한테 화도 났습니다. 뭐 하러 책임진다고 말해가지고 이 지경까지 만들겠습니까? 애가 울자 서로 니탓내탓 다퉜습니다. 그러더니 훌쩍 일어나서 자기 가방을 챙기는 게 아니겠어요? 나랑 헤어지자고 하는 줄 알고 저는 무척 두려웠습니다. 술 깨고 다시 얘기해보자고 애원해도 듣지 않고 나갔습니다. 순간, 눈앞이 하얘졌습니다. 런쑤어 없이 제가 어떻게 살 수 있을까요? 그가 나가자 제 머릿속에는 오직 그를 붙잡아야 한다는 생각만 맴돌았습니다. 저는 칭칭 떼쓰는 뻔빈에게 수면제를 갈아 먹였습니다. 그 방법은 옆집 춘란 언니가 가르쳐준 것이죠. 한 15분 지나서 애가 조용해지자 저는 그길로 집을 나섰습니다. 문은 당연히 잠갔지요……. 아마도, 네, 잠겨졌을 거예요, 아니, 잠갔습니다.

런쑤어 부모님의 아파트 부근까지 가서 전화를 했습니다. 하루만 참으면 남편이 와서 수속을 마치고 애 데려가면 우리 사이에 또 무슨 장애물이 있겠습니까? 런쑤어는 남편과 달라요, 공감대도 많고 같이 있으면 즐겁고 좋으니까요. 남편이 제게 한 짓들을 생각하면……. 네, 의처증이 심한 사람이에요. 시골에서 마작 놀러 한 번 나갔다가 귀쌈을 맞은 적이 있어요. 어느 남정이랑 웃으면서 대화했다 하는 날에는 온 밤 못살게 굴었지요, 나 원 창피해서……. 나보다 열아홉이나 더 많으니까 그것 땜에 스트레스를 받는지……. 개처럼 달려들어 때리고 꼬집고 핥고……. 암튼, 그런 날은 죽기보다 싫었답니다. 아이가 친자식이 아니라니요? 그런 억지가 어디 있겠습니까? 런쑤어는 그렇지 않았어요.

그날 저녁 우리는 모텔에서 보냈습니다. 그를 잃으면 어떡할까 하는 불안 때문인지 여느 때보다 흥분되었습니다. 런쑤어가 곯아떨어진 것을 보고 저도 잠들어버렸습니다. 아침에 런쑤어가 먼저 일어나 저를 깨웠어요, 애는 어쩌고 나왔냐고요. 수면제를 먹였으니 아침 늦게까지 자고 있을 것 같았지만 왠지 불안했어요. 무서운 꿈을 꿨거든요. 얼굴을 볼 수 없는 시커먼 사람이 뻰빈이의 목을 조르고 있더라구요······. 너무 무서웠어요! 집에 돌아가면 무슨 일이 발생했을 것만 같아서 혼자 갈 수가 없었어요. 제가 하도 조르니까 런쑤어가 같이 가준 겁니다. 아닌 게 아니라 아이는 사라졌고 대신 남편이 와 있었습니다. 정말 악몽 같았어요. 지금도 계속 꿈속에 있는 것 같습니다. 아, 우리 뻰빈이, 그 어린 것이 얼마나 무서웠겠어요······. 저는 엄마가 돼서 아이를 보호해주지도 못하고······. 흑흑흑······. 전 나중에 어떻게 살아갑니까······?

춘란의 진술 녹음

어린아이가 잘못됐다니 참 안됐군요······. 실종되어도 어딘가에서 살고 있지 않을까 내심 바랐는데. 뻰빈이네는 우리 옆집에 세 든 지 두 달 정도밖에 안 됐습니다. 어린 나이에 혼자 애를 돌보고 있는 위홍을 보니까 저랑 비슷한 구석이 있는 것 같아서 괜찮게 잘 지냈습니다. 우리 씬신이도 뻰빈이랑 잘 놀아서 위홍이 나가면 제가 잠깐 봐주기도 했습니다. 젊은 남자요? 네, 척 봐도 무슨 상황인지 대충 감이 잡혔어요.

그날 오후 제가 애들을 데리고 공지에 나가 놀았습니다. 저녁 먹을 쯤 해서 데리고 들어왔구요, 뻰빈이는 엄마한테 돌려주고 저는 우리 씬신이에게 토마토계란볶음을 해줬지요. 씬신이는 그 요리를 엄청 잘 먹어요. 저녁을 다 먹고 아이랑 좀 놀아주다가 전 술 한 잔 했습니다. 저처럼 혼자 사는 여자들이 밤마다 무슨 낙으로 보내겠습니까? 불면증이 심해서 술을 마시지 않으면 잠도 잘 오지 않거든요. 마시다 보니 10시가 넘었어요. 애는 잠이 들었구요. 그때 옆집에서 다툼 소리가 들렸습니다.

또 애 때문에 저러는가 했지요, 뻔빈이 칭칭 우는 소리도 들렸으니까요. 술이 좀 돼서 저는 제가 기억하는 게 꼭 맞는지 잘 모릅니다. 제 기억으로는 문이 확 열리는 소리, 누군가 씩씩 나가는 소리, 다시 문이 쾅 닫히는 소리가 났어요. 젊은 남자가 화나서 가는구나 했습니다. 얼마쯤 지나서 애 소리도 점점 잦아들었어요. 그러더니 다시 문이 열리며 누군가 나가는 소리가 났습니다. 아마 그럴 겁니다. 그런 것 같아요. 저는 씬신이 곁에 누워 간만에 아침까지 잘 잤답니다.

아침에 일어나니 세상에, 이게 웬일이랍니까? 애가 없어지다니요? 소름이 돋았습니다! 저도 애만 믿고 사는데 우리 씬신이가 만약⋯⋯. 아, 상상하기조차 싫네요⋯⋯. 애 아빠요? 글쎄요, 전 미혼모예요. 한창나이 때 사랑에 눈이 멀었지요⋯⋯. 이제 다 됐나요? 가도 되죠? 씬신이가 기다려서요⋯⋯.

그리고 그해 6월, 아이를 훔쳐 파는 범죄 그룹이 붙

잡혔다. 그룹 내에는 규칙이 분명하여서 현장에서 잡았다 하더라도 윗선과 아랫선 모두 일망타진하기는 어려웠다. 잡혀들어온 범인 중에는 로우치라는 별명을 가진 남자도 있었다. 경찰은 대량의 감시 카메라 화면 인식을 통해 그 남자가 뻔빈이의 시체를 강물에 유기한 자라는 것을 감별해냈다. 남자는 그날 저녁 행복아파트를 방문한 사실을 인정했다. 오랜만에 만난 춘란이와 술을 마신 것도, 옆집 남자와 여자가 나간 다음 뻔빈이를 안아 봉고차에 눕혀놓고 도망간 사실도. 남자는 문이 열려 있었다고 진술했다. 천위홍이 황망 중에 문을 닫았지만 다시 튕겨나갔을 거라고 말했다. 남자는 뻔빈이를 죽이지 않았다고 버텼다. 애가 이불 위에 반듯이 누웠길래 잠이 든 줄 알고 안아 내왔는데 접선하는 사이 아이 상태를 확인해보니 이미 죽어 있었다고 했다. 시신은 일주일 만에 찾았고 탕따하이는 사체 부검을 거절했다.

로우치가 잡히게 되면서 춘란도 전과가 드러나게 되었다. 경찰서에 기록된 그녀의 전과라면 스물두 살 임신부의 몸으로 명품 백을 훔친 절도죄였다. 당시 경찰들은 시골에서 금방 올라온 여자아이들을 위협하여 임신을 시키고 훨씬 '안전한 신분'으로 명품 매장을 쓰리하는 범죄 그룹을 타격한 적이 있었다. 그룹 안의 여자들은 남성 팀원들에게 무시로 유린당할 수 있는 처지였으며 아이는 거의 낳기 전에 수술되었다. 춘란은 어렵

사리 아이를 하나 낳았고 아이를 기르면서도 1년여 동안 로우치처럼 '육포 장사'에 동참한 것으로 의심되었다. 그러나 춘란에게는 증거가 부족했다. 로우치는 그들이 함께 일한 적이 있으며 마지막으로 훔쳤던 아이가 한 돌 남짓한 남자아이였다고 자백했다. 춘란은 결국 5년 형을 선고받았다.

탕따하이와 천위홍은 이혼했다. 천위홍의 아버지가 결혼 때 받았던 지참금 중에서 삼만 원을 토해냈다. 탕따하이는 2년 뒤에 다시 시골의 과부를 하나 샀다. 과부는 그에게 딸만 둘을 낳아주었다. 탕따하이는 아들을 낳으라고 과부에게 압박을 가했다. 런쑤어는 천위홍과 결혼하지 않았다. 런쑤어는 그 뒤 밤길을 걷다가 어느 불한당에게 맞아 다리를 상했다. 살짝 절긴 했지만 일상에 큰 문제는 없었다. 런쑤어는 부모님의 걱정에도 결혼을 다그치지 않고 홀몸으로 오랫동안 살았다.

천위홍은 이십대 후반에 다른 이혼남이랑 재혼했다. 그녀는 그동안 친정에 눌러앉아 바깥출입을 하지 않았다. 정신이 이상하게 되었다는 소문이 위홍의 동네에 퍼져 있었다. 재혼한 사람은 역시 농민공 출신이었고 돌 반짜리 어린 아들이 하나 있었다. 천위홍은 그 아들을 키웠다. 남편이 일을 나간 사이, 천위홍은 그의 아들을 돌보다가 갑자기 돌변하여 베개로 눌러 죽일 뻔한 사건이 있었다. 천위홍은 그 일을 누구에게도 말하지 않았다. 그것은 그녀의 악몽이자 그녀가 받아야 할 영원한 형벌이었다.

*　　*　　*

대학 입시 시험을 치른 후, 칭린은 소포를 하나 받았다. 학교 접수실에 소포가 와 있었다. 소포 속에는 은행 카드가 하나 있었는데, 카드를 싼 종이봉투 안에 그 비밀번호가 쓰여 있었다. 봉투 안에는 사진 두 장과 편지가 들어 있었다. 하나는 칭린의 어린 시절, 백화점 앞에서 탕후루를 들고 찍은 사진이었고, 하나는 사십대 중반의 부부와 어린 딸로 보이는 여자아이의 가족사진이었다. 춘란은 편지에 이렇게 썼다. "사랑하는 내 아들 씬신아, 니가 아니었더라면 나는 어떻게 내 인생의 가장 험악한 시절을 걸어 나왔을까, 네가 내 인생에 나타난 그날, 내 아이는 폐암으로 숨졌단다. 나는 너를 버리지도 못하고 사랑하지도 못했었다, 근데 넌 항상 나보고 사랑한다고 말했었지……. 그래서 나는 '사랑'을 믿어보기로 했단다……. 어린 시절 사진이 네겐 없을 것 같아서 한 장 보낸다. 다른 한 장은 지금 나의 가족 사진이란다. 그래, 네게 여동생이 하나 생겼다. 정말 귀엽지 않냐……?"

칭린은 사진을 찬찬히 쳐다보았다. 젊은 춘란의 모습

이 기억 속에서 막 생성되었다. 짧은 스커트를 입고 진한 립스틱을 그린 채 문을 나서던 춘란, 술에 발그러니 취해서 햄버거 세트를 사들고 호기롭게 문을 열던 춘란, 열쇠를 빨간 실에 매어 목에 걸어주면서 런판즈를 만나면 죽을힘을 다해 소리 지르라던 춘란……. 춘란은 마지막에 이렇게 썼다. "이제 곧 어엿한 대학생이 되겠지? 아들, 카드는 엄마의 성의다. 못난 엄마라고 성의마저 무시하는 건 아니겠지? 넌 멋진 청년이 되었더구나. 넌 내 일생의 자랑이란다. 너의 밝고 아름다운 앞날을 미리 축원하면서……. 춘란 엄마가."

 칭린은 봉투를 가방에 넣었다. 11년 동안 마음에 쌓아두었던, 아무에게도 말하지 못했던 어떤 묵은 짐이 순간 날아가버린 것 같았다. 칭린은 학교 대문 앞의 십자가에 잠시 서 있었다. 맞은편에서 초록 불이 반짝이고 있었다.

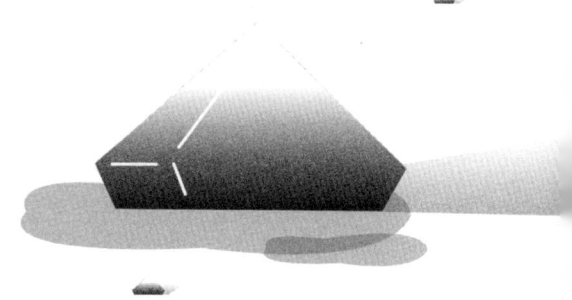

공교로운 사람들

안보윤

2005년 장편소설 『악어떼가 나왔다』로
문학동네작가상을 수상하며 등단했다.
소설집 『비교적 안녕한 당신의 하루』 『소년7의 고백』,
장편소설 『오즈의 닥터』 『사소한 문제들』 『우선멈춤』
『모르는 척』 『알마의 숲』 등이 있다.

— 공교롭게도.

남자가 의자를 내밀며 말했다.

오수는 남자의 다음 말을 기다렸으나 그게 끝이었는지 남자는 태연한 얼굴로 재떨이를 꺼냈다. 그날 담배를 피우셨습니까? 남자가 물었고 오수는 고개를 끄덕였다. 공교롭게도, 는 아무래도 이전 대사에 대한 대답인 모양이었다. 찾아오기 쉬우셨죠? 초인종을 누르기도 전문을 연 남자는 확신하듯 오수에게 그렇게 물었었다. 공교롭게도 그것은 사실이었다.

— 주변에 아무것도 없더라고요.

— 여기가 알박기 건물이라서 그렇습니다. 처음엔 시공사가 제법 의욕적이어서 여길 제외한 주변 건물 전부를 부숴버렸어요. 매일 뭔가가 깨지거나 우그러지는 소

리가 들리고 땅이 흔들렸습니다. 지금은 사실상 중단 상태입니다. 시공사가 망했거든요.

— 이 건물 때문에요?

— 그럴지도 모르죠. 이쪽 창에서 보면 사방 일 킬로미터 이내로 철골과 부서진 벽, 거대한 쓰레기 더미 외에는 보이는 게 없습니다. 폭격에 혼자 살아남은 건물 같지 않습니까? 나는 이곳이 꽤 마음에 듭니다. 시공사가 망해서 공사가 중단됐을 땐 남몰래 축배를 들었죠. 당신과 만난 그 술집에서요.

— 이 건물 주인은 홧술을 마셨겠네요.

— 건물주라면 들어오다 아마 보셨을 겁니다. 수레를 끌고 늘 이 주변을 돌아다니거든요. 검은색 모자를 쓰고 오래된 군복을 여러 겹 껴입은 노인입니다. 군에 있을 때 수류탄이 옆에서 터졌다던가 해서 한쪽 귀가 안 들리는데, 최근엔 다른 쪽 귀도 안 들리지 싶습니다. 아무리 큰 소리를 내도 항의 한 번 없거든요. 노인이 지하 1층과 1층을 쓰고 내가 2층을 쓰고 들고양이와 비둘기가 3층을 씁니다. 워낙 낡은 건물인데다 2층에는 사연이 있어 아주 싼값에 빌렸죠.

— 사연?

— 뭐, 여러 가지가 있습니다. 우선 그날에 대한 이야기를 해볼까요.

남자가 기대서 있던 창의 블라인드를 내렸다. 직선으

로 뻗어오던 빛이 차단되자 눅눅하고 미지근한 기운이 발밑에 고였다. 오수는 손을 뻗어 무릎 아래쪽을 털었다.

— 이런 곳까지 찾아온 걸 보니 꽤 절박한 상황인 것 같은데.

— 절박하긴요. 그냥 좀 궁금한 정도예요.

— 좀 궁금한 정도로 움직이는 인간은 드뭅니다. 술집에서 우연히 합석한, 자격이 있는지 없는지조차 알 수 없는 치료사를 만나려고 찾아온 걸 보면 그날에 대해 꼭 알아야겠는 사실이 있는 거겠죠. 나는 그 술집의 오랜 단골입니다만, 그곳 사람들은 내가 치료사라는 사실을 한 번도 믿어준 적이 없습니다. 게다가 기억 치료사라니. 조롱거리가 될 뿐이죠. 그들 중 대부분은 내가 사기꾼이라고 생각합니다.

— 하지만 지배인의 기억을 되살려준 적이 있다고 했잖아요?

— 지배인이 가게 금고 비밀번호를 잊었을 때 말입니까? 그런 건 간단한 연상 작용을 이용하는 겁니다. 비밀번호를 잊어버려서는 안 된다는 강박이 뇌 이곳저곳에 단서들을 심어두거든요. 기억의 정원에 파묻은 열쇠가 열 개나 된다는 걸 지배인에게 알려주는 것이 내 역할입니다. 열쇠 위치를 가늠하는 것도, 정원을 파헤치는 것도 전부 지배인의 몫이죠. 애초에 흙이 들뜰 만큼 얕

게 묻힌 열쇠이니 찾아내는 건 순식간입니다.
— 그럼 저의 열쇠도 찾아주세요.
오수가 무릎을 거칠게 문지르며 말했다.
— 그날의 기억을 찾아줄 열쇠가 필요해요. 어제 말씀드렸던 것처럼요.
— 그래요, 어제. 당신은 어제 확실히 말했습니다. 그날의 기억을 찾고 싶다고. 2주 전 일이라고 했습니까? 만취해 필름이 끊어진 다음날 잠에서 깨어보니 베개와 침대 시트가 피로 흠뻑 젖어 있었다고요.
— 옷도 머리카락도 전부 피투성이였어요. 그런 꼴로 어떻게 집까지 돌아갔는지 모르겠어요.
— 왼쪽 눈썹 아래쪽부터 귓불까지가 길게 찢어져 있었다. 단면이 거칠고 여러 겹으로 쪼개진 날카로운 무엇에 찢긴 흔적인 것 같다. 의사가 그렇게 말했다고 했지요. 이를테면 부러진 나뭇가지나 마대 걸레의 자루 부분 같은.
— 넘어지면서 저절로 생긴 상처는 아니라고 했어요. 뺨과 목에도 상처가 잔뜩 남아 있었거든요. 의사 선생님 말로는, 방향이 전부 제각각인 걸로 봐서 괴한이 아무렇게나 흉기를 휘둘러댄 것 같다고 했어요. 눈을 찔렸다면 바로 실명했을 거라고요.
— 괴한, 입니까.
— 술 취한 사람에게 갑자기 흉기를 휘둘렀으니까요.

― 그럼 그 괴한을 잡고 싶은 거겠군요. 만취한 상태라 방어 능력이 전혀 없는 당신에게 갑자기 폭력을 휘두른 흉악한 대상을. 저쪽 소파로 옮겨 앉죠. 치료를 위한 상담은 저쪽, 녹색 소파에서 합니다. 거기 누우면 긴장이 좀 풀릴 겁니다. 근육을 이완시키고 뇌를 활성화시키는 게 지금 우리가 해야 할 일이니까요. 그날 담배를 피웠다고 했었죠. 말보로 레드? 구태의연한 브랜드네요. 술은 어떤 종류를 마셨습니까?

― 소주를. 맥주와 핫식스를 좀 섞어서

― 싸구려 조합이군요. 편히 누우세요. 다리를 이쪽으로 뻗고. 아니, 신발은 신고 계십시오. 제가 미리 당부한 대로 그날과 똑같은 옷차림을 하고 오셨습니까? 신발도? 네, 좋습니다. 셔츠깃에 희미하게 핏자국이 남아 있군요. 눈을 감고 편안히 숨을 쉬세요. 그날의 기억을 찾고 싶다면 그날과 비슷한 조건을 만들어주면 됩니다. 지금부터 차근차근 되짚어보죠. 만취할 때까지 술을 마신 건 나와 만난 그 술집에서입니까? 혼자였나요?

― 동창회가 끝난 뒤 그 술집엔 혼자 갔어요.

― 어제 술집 주인에게 플레이리스트를 받아 왔습니다. 최근에는 오래된 재즈만 틀었다고 하더군요. 이런 음악이 나왔을 겁니다. 비슷합니까?

― 그런 것 같아요. 늙은 여자 목소리. 담배를 아주 많이 피운 것 같은 걸걸한 목소리였는데 술집과 잘 어

울렸어요. 그 술집은 밀폐된 상자 안 같았거든요. 제가 두리번거리고 있으니까 주인이 나초를 내줬어요. 엄청 짜고 눅눅한.

― 비가 내려서 더 그렇게 느껴졌을 겁니다. 밤 11시경부터 가랑비가 내렸거든요. 잘됐어요. 여긴 그 술집 못지않게 낡았고 퀴퀴한 냄새가 나니까요. 플레이리스트와 함께 나초도 얻어왔습니다. 당신에게 내준 건 이전 손님이 남기고 간 거라 두세 시간 정도 방치된 거라더군요. 이것도 바구니에 담아 세 시간 정도 습기를 먹였습니다.

― 준비성이 철저하시네요.

― 내가 뭘, 어디까지 준비했는지 알게 되면 깜짝 놀랄 겁니다. 적어도 그 술집에서 나를 사기꾼이라 부를 사람은 아무도 없겠죠. 나초를 좀 먹읍시다. 눈은 그대로 감고 있어요. 여기 소주와 맥주와 약간의 보드카가 있습니다. 따라줄 테니 향을 맡으세요. 혀를 잠깐 담갔다 빼도 좋습니다. 동창회를 다녀왔다고 했지요. 그런데 왜 친구들과 함께가 아니라 혼자, 처음 보는 술집에 간 겁니까?

― 친구 같은 게 아니에요. 그 새끼들은 나를 비웃으려고 불러냈던 거니까요.

― 화가 나 있었군요.

― 동창회라고는 해도 중학교 때 어울려 놀던 무리가

모인 게 전부예요. 일곱 명쯤 되는데, 마땅히 직업을 대는 놈이 하나도 없더라고요. 아직도 그런 쓰레기 같은 삶을 살고 있다니 믿어지지가 않아요.

— 아직도 그런, 이라니. 아까 어울려 놀던 무리라고 했잖습니까? 그럼 이전에는 당신도 그런, 쓰레기 같은, 삶을 살았다는 겁니까?

— 어릴 때에 조금 방황하는 시기가 있잖아요. 다들 그 정도 허세는 부렸어요. 사소한 물건을 훔치고 아니꼬운 상대를 아주 약간 골탕 먹이는 정도요. 그 새끼들은 진짜 머리 나쁘고 게걸스러웠는데 사고 친 걸 수습하는 사람은 언제나 저였어요. 훔친 오토바이로 경찰을 친 새끼가 소년원에 가지 않도록 우리 부모님이 변호도 해줬다고요. 이거 좀 마셔도 되나요?

— 좋으실 대로.

— 처음엔 즐거웠어요. 멍청하고 지질한 새끼들과 노는 것만큼 신나는 일도 없죠. 우리가 같은 출발선에서 시작했다고 믿는 아둔함이 얼마나 한심한지 몰라요. 중학교 때도 그랬어요. 걔들이랑 놀면 제가 얼마나 우월한 존재인지 깨달을 수 있었죠. 제가 브레인이고, 제가 제일 부자고, 부모가 변호사에 고모부가 판사인 사람도 저뿐이었죠. 그것들에게 저는 신이었어요. 선생이고 경찰이고 무조건 들이받는 새끼들이 제 말 한 마디에 고분고분해졌죠. 다시 만났는데도 여전하더군요. 그런데

그것들이 감히 어디다 대고. 아, 맞다. 그날 늦게는 양주를 마셨어요. 실내가 금연이라 담배를 피우러 나가면서 새로 주문했거든요. 술집 옆 골목에서 담배를 피우는 동안 옷이 전부 비에 젖었죠. 몸이 으슬으슬 떨렸던 게 기억나요. 블랙라벨 한 병을 전부 마셨을 거예요.

— 그럼 술을 양주로 바꾸죠. 마셔도 좋아요. '그것들이 감히 어디다 대고' 뭘 했습니까?

— 별거 아니에요. 지들 처지가 비루했는지 객기를 부리더라고요. 식당에서 나오는데 제 뒤에 대고 그러는 거예요. 야, 도련님, 뭐해, 계산해야지. 저 새끼는 지가 쩐서틀인 거 아직도 모르냐? 모르니 여기까지 기어 나왔겠지. 우쭈쭈해주니까 지가 진짜 잘난 줄 알고 말이야. 킬킬대는 소리가 어찌나 졸렬하던지. 그렇게라도 해야 알량한 자존심을 지킬 수 있었겠죠.

— 그래서 혼자 다른 술집으로 간 거군요. 혼자 술을 마시고, 짠 나초를 먹고, 담배를 피우고, 다시 양주를 한 병. 그럼 기억에 없는 건 술집에서 나온 이후부터입니까?

— 계산을 하고 골목으로 들어간 건 기억나요. 담배를 피웠던 그 골목이오.

— 골목.

— 좁고 바닥이 흠뻑 젖어 있는 어두운 골목이오. 나중에 그곳에 다시 가봤어요. 뭔가 흔적이라도 남아 있

지 않을까 싶어서요. 낮에는 보통의 골목이었는데 밤이 되니 음침해지더군요. 누군가를 습격하기에 딱 좋은 장소였어요.

— 습격, 입니까.

— 틀림없이 그 새끼들 중 하나일 거예요. 둘이나 셋일 수도 있죠. 원래 혼자서는 아무것도 못하는 병신들이니까. 일곱 전부였다고 해도 상관없어요. 그런 덜떨어지고 열등한 새끼들이 할 법한 일이잖아요? 잡아서 처벌해봤자 다음 골목에서 다른 흉기를 들고 기다리는 게 전부겠죠. 무시하는 게 최선이에요.

— 짐작 가는 범인이 있다. 그런데 그 범인을 잡아 처벌할 생각은 없다. 그럼 왜입니까? 그날의 기억은 왜 찾으려는 거죠? 골목에 다시 가봤다고 했죠. 상해를 입은 골목에 굳이 혼자, 낮과 밤을 모두 써서 말입니다. 무얼 찾으러 거기 다시 간 겁니까? 어떤 흔적을?

— 그거야 당연히 습격의 흔적이죠.

— 잡을 생각도 없는 범인의 흔적을? 굳이?

— 뭐, 기억이 없는 게 좀 찜찜하기도 하고.

— 좀 찜찜한 정도로 굳이 말이죠. 아무래도 이상하단 생각이 든단 말입니다. 당신 말대로라면 2주 전 그날, 당신은 술집 옆 골목에서 괴한의 습격을 받았습니다. 흉기를 마구잡이로 휘둘러대는 흉악한 인물이었죠. 유력 용의자도 있습니다. 그런데 당신은 경찰에 신고도

않고, 범인을 잡을 생각도 없다고 말하면서, 그날의 기억은 찾아야겠다고 말합니다. 그럼 당신에게 유효한 그날의 기억은 뭘까. 당신은 왜 경찰에게 알리지 않은 채로 그날의 기억과 흔적을 찾아 헤매는 걸까.

— 경찰을 부르면 일이 번거로워지니까 그러는 것뿐이에요.

— 그날 이야기를 할 때 말입니다. 당신, 유난히 즐거워 보인단 말입니다. 눈을 감고 있으니 스스로는 알 수 없겠죠. 당신 몸이 가진 기억은 상해 사건에 대한 게 아닙니다. 뺨에 상처가 남아 있지 않았다면 나는 그 일 자체를 거짓이라고 생각했을 거예요. 얼굴이 찢긴 기억을 상쇄시킬 만큼 강렬한 기억이 존재한다는 건데. 그게 뭡니까? 희열, 흥분, 그날 당신은 쾌락을 느꼈습니까? 골목 이야기를 꺼낼 때마다 수시로 입술을 빨고 혀로 잇몸을 문지르죠. 오른쪽 뺨을 무언가에 비비는 듯한 행동도 무의식적으로 반복합니다. 당신 곁에 뭐가 있죠? 아니, 어깨와 고개를 기울인 각도로 봐선 아래군요. 당신의 아래, 누가 있습니까?

— 무슨 소린지 모르겠어요. 있긴 누가 있다고.

— 무릎 말입니다. 당신 아까부터 무릎을 심하게 문질러대고 있어요. 허벅지 근육이 경직되었군요. 좁고 바닥이 흠뻑 젖은 골목. 담배를 피우다 몸을 기댔다면 비에 젖은 벽이라고 말했을 텐데 당신은 왜 하필 바닥을

지적했을까요. 무엇을 하고 있기에 그 골목이 좁게 느껴졌죠? 바닥에 무릎이 짓눌린 채 젖은 바짓단을 수시로 털어내면서 무슨 행동을 한 겁니까? 바닥에 엎드린 당신 밑에 누가 있죠? 습격을 한 건 대체 누굽니까?

— 미, 미친 거 아니야? 무허가 사기꾼이라더니 정말로, 미치지 않고서야 무슨 소릴.

— 그날 말입니다.

오수는 소파에서 일어나 남자를 힘껏 밀쳤다. 손끝이 저릿저릿하고 딱히 정의할 수 없는 몸의 어딘가에 묵직한 통증이 퍼지는 걸로 봐서 틀림없이 그런 것 같았다. 남자가 오수의 이마를 손바닥으로 강하게 눌렀다. 오수의 몸이 소파에 축 늘어졌다.

— 2주 전 그날, 술집 옆 골목에서 아이가 강간당하는 사건이 있었습니다. 비가 내리는 새벽 2시. 독서실에서 집으로 돌아가는 길이었다고 아이는 말했습니다. 갑자기 달려든 남자가 자신을 마구 때린 뒤 바닥으로 내팽개쳤다고요. 목을 조르고 강간하면서 남자가 계속 욕을 하더랍니다. 씨발, 무릎 아파, 무릎 아파. 시멘트 바닥에 무릎이 쓸려 아프다고 말입니다. 남자가 집요하게 자신의 이름을 물었다고 아이는 말했습니다. 교통카드와 학생증이 든 목걸이형 카드지갑도 빼앗아 갔다고요. 학생증에 쓰인 아이 이름을 몇 번이고 반복해 말했답니다. 꼭 기억해야 할 금고 비밀번호라도 외우듯 말입니

다. 아이는 울며 저항하던 끝에 뭔가를 집었습니다. 술집 옆 골목이니 깨진 병이라도 있었으면 좋았을 텐데. 기껏 손에 잡힌 게 부러진 마대 자루였다더군요. 아이는 그걸 휘둘러 남자를 밀쳐내고 도망쳤답니다. 남자가 도망치는 아이 뒤에 대고 뭐라고 소리친 줄 아십니까?

  오수가 숨을 삼켰다.

  — 너 따위가 감히 어디다 대고.

  남자의 목소리와 늙은 여자의 노랫소리가 어지럽게 얽혔다. 축축하게 젖은 그날의 기억이 선명하게 불려 나오고 있었다. 찢어진 흔적이 남은 오수의 뺨을 남자가 눌렀다. 이야기를 하면서 강약을 넣듯 오수의 목을 가볍게, 무겁게, 힘껏 짓눌렀다가 손을 떼길 반복했다.

  — 피 묻은 마대 자루와 아이의 교통카드와 학생증이 든 목걸이형 카드지갑. 골목엔 그 두 개가 떨어져 있었습니다. 당신이 어느 쪽을 찾고 있었든 그게 당신 손에 들어가는 일은 없겠군요. 아. 담배꽁초도 있었습니다. 말보로 레드. 구태의연한 상표죠.

  남자가 물끄러미 오수를 내려다보았다.

  — 이 건물에 사연이 있다고 내가 말했는데 기억합니까? 내가 아주 싼값에 2층을 빌릴 수 있었던 이유. 여기엔 말입니다. 이상한 문이 하나 있습니다. 금고 문을 본떠 만든 철문인데 아주 작아요. 아까 당신이 들어오면서 보지 못하도록 내가 몸으로 막고 현관문을 열었습니

다. 원래 신발장 옆 창고로 만들어진 공간인데 누가 그럴듯하게 개조를 했더군요. 가로세로 이 미터쯤 되는 공간에 흡음재를 잔뜩 덧댄 뒤 밖에서만 열 수 있는 철문을 달았습니다.

오수의 몸이 느리게 움직였다. 소파에서 바닥으로 내려놓아지자 목덜미에 선뜩한 기운이 닿았다. 감각이 돌아오고 있는 모양이었다. 남자는 서두르는 기색 없이 오수의 상체를 일으키고, 그를 조금씩 밀고 끌어 현관 쪽으로 옮겼다.

— 이 공간에 대해선 사건이 아니라 사연이라고 말해야 할 필요성이 있습니다. 비극적인 사연이거든요. 한 아이가 죽습니다. 아이는 아홉 살로, 만취한 운전자가 몰던 차에 치었습니다. 운전자는 아이를 병원에 데려가겠다면서 차에 태운 뒤 시외 풀숲에 아이를 버렸답니다. 방치된 아이는 과다출혈로 쇼크사했고 운전자는 재판에 넘겨졌습니다. 심신 미약을 이유로, 만취한 상태라 기억이 불분명하다는 걸 이유로 운전자는 징역 3년 형을 받았습니다. 그나마도 항소를 거듭해 2년 형으로 깎았다더군요. 좋은 변호사를 산 모양이에요. 모르죠, 그 운전자도 부모가 변호사고 고모부가 판사였을지. 아이의 부모는 이 건물 2층에서 사진관을 하고 있었는데, 운전자가 형을 다 살고 나오기를 기다려 창고를 개조했습니다. 운전자를 납치해 이 안에 가둔 것까지는 좋았

공교로운 사람들

는데, 그만 꼬리를 밟힌 모양입니다. 경찰이 찾아오자 아이의 부모는 목을 매 자살했습니다. 바로 여기서요. 철문 안에 있던 운전자는 말입니다.

거친 소리와 함께 철문이 열렸다.

― 공교롭게도, 살았답니다. 철문을 열었더니 운전자가 토사물과 배설물 범벅이 되어 흡음재를 뜯어먹고 있었다더군요. 그야말로 비극이지 않습니까. 죽어야 할 사람이 살고, 살아야 할 사람이 죽었다는 점에서 말입니다.

남자가 오수의 몸을 둥글게 말았다. 실제로는 앉은 채 무릎 사이에 고개를 파묻은 것뿐이었으나 오수는 자신이 무른 찰흙 인형처럼 접히고 뭉개졌다고 생각했다. 절반쯤 되돌아온 감각이 고무줄처럼 늘어졌다 돌연 팽팽해졌다. 오수의 엉덩이가, 등과 어깨가, 무릎과 발가락이 작은 철문을 통과했다. 남자는 발바닥 전체를 이용해 철문 안으로 오수를 신중히 밀어 넣었다.

― 당신이 여기 왔다는 걸 아는 사람은 아무도 없을 겁니다. 누구에게도 말할 수 없는 그날의 흔적을 찾으려고 당신이 알아서 흔적을 지웠을 테니까요. 아까 오면서 봤던 것처럼 이 건물 주변에는 아무것도 없죠. 사방 일 킬로미터 이내로 철골과 부서진 벽, 거대한 쓰레기 더미 외에는 아무것도 없고 누구도 살지 않습니다. 아, 1층에 살고 있는 노인. 공교롭게도 그는 양쪽 귀가 멀었습니다. 무슨 얘긴지 아시겠습니까?

남자가 기대서 있던 철문을 닫았다. 직선으로 뻗어오던 빛이 차단되자 눅눅하고 미지근한 기운이 발밑에 고였다. 오수는 손을 뻗어 무릎 아래쪽을 더듬었다. 새까만 어둠이 오수를 타고 오르기 시작했다. 술 취한 숨과 흐릿한 기억이 사라지고 오로지 현실만이 철문 안에 남았다.

─ 나는 결코 실패하지 않을 거란 소립니다.

검은 솥

우승미

2005년 『서울신문』 신춘문예로 등단했다. 장편소설
『날아라, 잠상인』 등이 있다.

장례식장이라기보다는 동창회장에 온 것 같은 기분이 들었다. 학교에 같이 다녔던 스무 명 남짓의 전교생과 위아래 기수의 졸업생들이 장례식장으로 쓰고 있는 마을회관을 가득 메우고 있었다.
"검사가 되었다면서? 재영이 너 참말로 출세했네."
되풀이되는 인사들. 운전을 핑계로 사양했는데도 자꾸만 건네지는 술잔들. 동창이라고는 하지만 같이 학교에 다녔던 기간은 고작 한 학기였다. 누구라고 이름을 대도 선뜻 떠오르는 기억이 없었다. 나에게는 그저 낯선 존재들, 기억에 없는 얼굴들일 뿐이었다. 어머니가 재혼하면서 맡겨졌던 외가. 초등학교를 졸업하고, 어머니의 재혼가정으로 옮겨 중학교에 들어갔고, 외조모가 돌아가신 후에는 이 마을에 올 일이 없었다.

군대 선임으로 귀영을 다시 만나기 전까지 나는 이 마을에서 있었던 일을 거의 잊고 있었다. 군 생활을 하는 동안 귀영은 여러모로 내게 도움을 줬다. 전학생 시절에 그랬던 것처럼 변함없이 내게 호의를 베풀었다. 전역 후 몇 번 만나 술을 마셨으나 만남이 계속 이어지지는 않았다. 핑계를 대며 만남을 거절하자 귀영은 내가 자신을 꺼린다는 사실을 재빠르게 알아차렸다. 그래도 1년에 한두 번 정도는 어김없이 전화를 걸어왔다. 몇 마디 되지 않는 내 근황을 전하고, 얼굴도 기억나지 않는 동창들의 이야기를 듣고 나면 더는 할 말이 없는 안부 전화였다.

"아버님은 어떻게 돌아가셨어? 무척 건장하신 분이었는데."

"지병이지 뭐. 당뇨가 있었거든. 당뇨라는 게 가볍게 볼 병이 아니더라. 합병증이 생기기 시작하니까 눈이며, 신장이며, 폐며 한순간에 무너지더라고. 사실 나도 좀 당황스러웠던 게 당뇨 진단받은 지 5년이나 되었을까. 보통 당뇨 발병하고 20년쯤 지나면 합병증이 하나둘씩 생긴다고 하던데, 우리 아버지는 진행이 너무 빨랐거든. 돌아가시기 1년 전부터는 눈도 완전히 실명되고, 대소변도 다 받아내야 할 정도였어. 그렇게 병상에서 앓는 것보다는 돌아가시는 편이 낫다 싶으면서도 아직 젊다면 젊은 나이니까 자식으로서 아쉬움이 많지."

"근데, 뭔가 좀 이상하지 않냐?"

석 달 전에 부친상을 치렀다는 호성이었다. 호성의 아버지는 뇌출혈로 쓰러졌는데, 수술도 못해보고 중환자실에 입원한 지 사흘 만에 돌아가셨다고 했다.

"요즘 노령화가 문제라는데, 우리 동네 어르신들은 환갑 넘기기가 바쁘니 말이야. 동네가 텅 비어버렸어. 젊은 사람들은 다들 돈 벌러 나가고, 노인들은 노인이 되기도 전에 떠나고. 마을 공동 수도 수질 검사 같은 거라도 해봐야 하는 거 아니냐?"

"무슨 우물에서 물 길어다 먹던 시절 얘기하고 자빠졌냐. 네가 걱정 안 해도 나라에서 봄가을로 두 번씩 알아서 잘 해주고 있구만. 뭔가 문제가 있다면 공통점이 있어야 할 것 아냐? 우리 아버지는 당뇨, 네 아버지는 뇌출혈, 진수 아버지는 신부전증, 작년에 돌아가신 규성이 형 아버지는 위암, 인숙이 아버지는 낙상인데, 공통점이 없잖아."

"공통점이 전혀 없는 건 아니지. 네 아버지도 다리부터 못 쓰셨지? 우리 아버지도 뇌출혈 있기 전에 자리보전부터 먼저 하셨고. 인숙이 아버지도 염하면서 보니 몸이 착 꼬부라지고 다리가 오그라들었다더라. 중금속 같은 것에 중독된 건 아닐까?"

몇 가구 되지 않는 시골 마을에서 1년도 되지 않아 다섯 번째 초상이라고 하니, 뭔가 오싹한 기분이 들었다.

젓가락으로 두부를 집으려는데, 희고 마른 손이 다가와 두부 접시를 치우고, 그 자리에 편육을 놓았다. 허공에 젓가락을 둔 채 눈으로 손의 주인을 찾았다. 대각선 방향으로 앉아 있는 여자가 장난스럽게 씨익 웃고 있었다.

"오랜만이야."

꿈의 한 장면 속에 들어와 앉아 있는 것 같은 기분이 들었다. 꿈의 배경에서 흐릿하게 실루엣으로만 존재했던 대상이 주의를 기울일수록 세부의 형태를 갖춰가는 것처럼 여자의 눈코입이 먼저 시야에 들어오고, 비로소 여자의 모습이 한 사람의 존재로 자각되었다.

"넌……. 미, 미…….."

"옥이. 미옥이야."

"그래. 미옥이."

20년 전. 미옥의 집 앞에서 처음 마주쳤을 때도 미옥은 재미있어 죽겠다는 듯이 장난스럽게 웃었다. 그리고 그 웃음은 내가 본 그 애의 처음이자 마지막 웃음이었다.

마을 사람들은 미옥의 집을 두붓집이라고 불렀다. 마을 사람들의 말을 빌리면 '좀 모자란' 그 애의 엄마는 두부 하나만큼은 기막히게 만들었다. 불린 콩을 맷돌로 갈고, 가마솥에 콩물을 끓여 만든 두부는 공장에서 나온 두부처럼 매끄럽지는 않았지만, 무척이나 고소하고 맛이 있었다. 외조모는 전통 방식으로 간수를 받아서 만들었기 때문이라고 했다. 저녁이면 아낙들은 아이들에게 두부 심부름을 시켰고, 사내들은 두붓집 툇마루에 모여 앉아 모락모락 김이 오르는 두부에 신 김치를 곁들여 막걸리를 마셨다.

외조모의 심부름으로 처음 두붓집에 간 날이었다. 두붓집에 가기 위해서는 개울 하나를 건너야 했다. 종아리가 겨우 잠길 정도의 얕은 개울에는 징검다리 다섯 개가 놓여 있었다. 어른의 보폭에 맞춰놓아 간격이 넓은데다 발을 디딜 때마다 흔들려서 징검다리를 밟을 때마다 팔을 내두르며 균형을 잡느라 애써야 했다.

웃음소리가 들려왔다. 개울물처럼 차고 맑은 소리였다. 그 애의 몰골은 말이 아니었다. 머리는 온통 헝클어져 있었고, 부어오른 한쪽 눈은 거의 감겨진 채였다. 코에서는 쉼 없이 코피가 흘렀다. 미옥은 어푸어푸 소리를 내며 개울물에 세수를 했다. 그러고는 종아리를 개울물에 담근 채 자박자박 걸어와 흔들리는 징검다리 아래에 작은 돌을 괴어주었다.

"싸웠니?"

"아니."

"그럼 맞았어?"

미옥은 대답하지 않았다.

두부를 사들고 나오면서 얼핏 뒤를 돌아봤다. 미옥의

엄마가 미옥을 보듬어 안고 있었다. 눈물을 흘리면서 손으로 헝클어진 머리를 쓸어주고, 딸의 아픈 몸을 어루만졌다. 자식을 폭력으로부터 지켜주지 못하는 가슴 아프고 나약한 손길이라고 생각했다. 부드러운 그 손길이 어느 순간 돌변해 그 애를 때리고 할퀸다는 사실을 알았을 때, 나는 충격을 받았다. 그것은 부모가 자식에게 가할 수 있는 체벌의 수위가 아니었다. 때때로 생명조차 위협하는 명백한 폭행이었다.

"재영이 너도 미옥이 기억나지? 미옥이 애가 이제 마을의 실질적인 이장이다. 미옥이가 없으면 마을이 안 돌아간다니까."

귀영이 어깨로 미옥을 툭 건드리며 웃었다. 미옥이 귀영의 빈 술잔에 술을 따랐다. 귀영의 손은 미옥의 허벅지 위에 놓여 있었다. 귀영의 아내가 곁눈으로 그 모습을 보다가 한쪽 입꼬리를 올리며 피식 웃었.

어른들이 아플 때 간병을 하는 것도, 큰일을 치를 때 음식을 하는 것도 모두 미옥이 맡아서 한다고 했다. 미옥이 한다는 그 일들은 미옥의 엄마가 하던 일이었다. 미옥의 엄마는 소유주가 누구인지도 모르는 집에 무상으로 거주한다는 이유로 마을의 온갖 허드렛일을 맡아 했다. 마을 사람들은 두부 한 모, 막걸리 몇 사발을 팔아주고, 미옥의 엄마를 종처럼 부려먹었다. 그러면서도 그녀에게 함부로 대했다. 별것 아닌 일로 불같이 화를 내며 욕하고, 그녀의 뺨을 때렸다. 아이들조차 미옥의 엄마에게 존대하지 않았다.

마을 사람들이 미옥의 엄마에게 시키는 일은 허드렛일만이 아니었다. 사내들은 밤중에 그녀를 찾아가 자신의 아내에게 풀 수 없는 더럽고 추악한 욕망을 그 집에 부려놓고 갔다. 매를 맞는 짐승의 소리처럼 한차례 괴성이 울리고 나면, 사내들은 개울물에 발을 적시며 저벅저벅 걸어 나와 자신의 집으로 돌아갔다.

이따금 사내들은 미옥의 얼굴을 유심히 살펴보곤 했다. 그 애의 눈과 코와 입, 그 어딘가에 남겨진 자신의 흔적을 찾고 있는 것처럼 보였다. 사내들의 아들들은 그 애에게서 자신과는 다른 흔적을 찾으려 했다. 학교 뒤에 있는 창고 앞에서 미옥은 남자아이들에게 둘러싸여 있었다. 그 애는 자신의 손으로 치마를 걷어 올린 채 서 있었다. 멍으로 얼룩진 다리 아래에 팬티가 걸려 있었다.

"너희들 지금 뭐 하는 거야?"

미옥은 물끄러미 나를 바라봤다. 책가방을 싸거나 교실 청소를 하느라 빗자루를 들고 있다가 마주친 것 같은 표정이었다.

"어, 뭐 별거 아냐. 그냥 신체검사 같은 거."

남자아이들이 키득거렸다.

"야, 우리 축구나 하러 가자."

귀영이가 내 어깨에 팔을 두르고 운동장으로 향했다. 뒤를 돌아봤을 때 미옥은 작동이 정지된 로봇처럼 치마를 올린 채 그대로 서 있었다.

그날 이후 미옥은 학교에 오지 않았다. 선생님께 그날 있었던 일에 대해 알려야 한다고 생각했지만, 그렇게 하지 못했다. 부정하고 싶지만, 나는 아이들과 미옥을 저울질하고 있었다. 그 마을에서 태어나고 자란 아이들 사이에는 특유의 유대감이 형성되어 있었고, 나에 대한 호의가 적의로 바뀌는 순간 나에게 어떤 일들이 일어나게 될지 충분히 짐작하고 있었다. 나는 아이들과 운동장에서 땀을 뻘뻘 흘리며 축구를 했고, 아이들은 미옥이 처음부터 없었던 것처럼 변함없는 일상을 보냈다. 선생님조차도 그 애의 부재를 눈치채지 못하는 것처럼 보였다.

두부를 사러 갈 때 몇 번 미옥과 마주쳤다. 그 애는 나에게 인사를 하지 않았다. 개울가에 앉아 텅 빈 눈으로 마른 피를 닦고는 안개처럼 자신의 집 어딘가로 스며들었다.

이따금 그 애의 집 주변을 맴돌았다. 막상 마주치면 말 한 마디도 못 건네면서 그 애의 모습을 멀리서라도 보고 싶었다. 단지 주변을 서성였을 뿐인데 많은 것들을 알게 됐다. 늦은 밤 그 애의 집을 방문하는 사내들은 마을의 청년회 회원들이었다. 이미 청년 시기를 훌쩍 지난 중년의 청년들은 부지런하고 성실한 마을의 일꾼들이었다. 그들의 방문에 규칙이 있는 것 같지는 않았다. 방문의 주기나 횟수, 순서 같은 것도 일정하지 않았다. 그러나 그들 사이에 어떤 신호 같은 것이 있는 것은 분명했다. 그들의 방문 스케줄은 단 한 번도 꼬이지 않았다.

사내가 오면 미옥은 밤안개처럼 집 밖으로 흘러나왔다. 그 애는 마당에 걸어놓은 가마솥 안으로 들어가 뚜껑을 닫았다. 그 애의 엄마가 반질반질하게 닦아놓은 솥은 어둠 속에서 차갑게 빛났다. 개울가에 서서 그 애가 나오기를 기다렸지만 미옥은 오래도록 나오지 않았다. 빛도 소리도 없는 차가운 솥 안에서 그 애는 스스로 어둠이 되었다.

차에 앉아 시동을 걸었다. 혼자 있을 수 있다는 것만으로도 어느 정도 숨통이 트이는 기분이었다. 큰길 쪽으로 나오자 검은 원피스를 입은 여자가 뒤를 돌아봤다. 미옥이었다.

"태워다줄게."

미옥은 거절하지 않고 차에 올라탔다.

"어머니는 건강하셔?"

사실 어머니의 안부 같은 것은 궁금하지 않았다. 왜

이 마을을 떠나지 않았는지, 왜 이 마을에 남아 어머니의 삶을 되풀이하고 있는지 묻고 싶었다.

"엄마는 오래 전에 돌아가셨어. 10년도 더 되었네."

"병으로 돌아가셨니?"

"아니. 자살. 간수를 마셨거든. 엄마가 간수를 마시고 쓰러졌을 때 난 어떻게 해야 할지 알 수 없었어. 병원으로 데려가달라고 부탁했지만, 누구도 내 부탁을 들어주지 않았어. 간수를 마셨을 때는 감초를 달여 먹이면 된다고 말했지. 엄마는 죽는 순간까지 온몸을 뒤틀며 목이 타들어간다고 소리쳤어."

간수로 사람이 죽을 수도 있다는 이야기는 오래전 미옥에게서 들었다. 어느 날 두부를 사들고 나오는 길에 미옥과 마주쳤다. 집에서는 그 애의 엄마가 온 힘을 다해 그 애의 이름을 부르고 있었다.

"집으로 가지 마. 네 엄마가 또 널 때릴 거야."

미옥은 내 말을 듣지 않았다. 그 애는 어떤 일이 일어날지 알면서도 집으로 향했다. 나는 그 애의 손목을 잡고 달렸다. 그 애의 엄마가 막대기를 휘두르며 쫓아왔다. 그 애와 함께 숨어든 곳은 마을회관 옆 창고였다. 공동으로 사용하는 농기구나 비료 같은 것을 보관하는 곳이었다.

"어째서 도망치지 않아?"

"도망치면? 어디로 도망칠 수 있을까? 내가 돌아갈

곳은 집밖에 없는데."

"넌 피할 생각조차 하지 않잖아. 너도 이제 어린애가 아닌데, 조금 더 적극적으로 저항하면 네 엄마가 너를 이렇게까지 심하게 때리지는 못할 거야."

미옥은 대꾸하지 않았다. 오랜 침묵을 깨고 그 애가 말했다.

"그냥 그렇게 사는 거야. 아무것도 바뀌지 않아. 네가 밥을 먹고 학교에 가는 것처럼 우리 엄마는 두부를 만들어 팔고, 나를 때리고, 후회하지. 나는 매를 맞고, 피를 씻고, 엄마에게 돌아가서 엄마 품에 안겨. 엄마는 마치 나를 안아주기 위해서 때리는 것 같아. 엄마가 눈물을 흘리면서 나를 안아주는 그 순간에는 내가 사랑받고 있는 존재라는 걸 느낄 수 있어."

창고 한쪽에는 커다란 소금 자루가 놓여 있었다. 나무를 괴어 소금 자루를 받쳐놓은 대야 안에는 끈끈하고 더러운 액체가 고여 있었다.

"우리 엄마는 저 간수를 받아서 두부를 만들어. 간수는 그대로 마시면 독이 되지. 눈이 멀어지기도 하고, 벙어리가 되기도 하고, 목이 타고, 몸이 구부러지고, 다리가 오그라들어 죽게 된대. 신기하지 않니? 그런 간수가 콩물 속으로 들어가 따뜻하고 부드럽고 말랑말랑한 두부를 만든다는 게."

징검다리가 있던 자리에는 콘크리트 다리가 놓여 있었다. 개울물은 거의 말라버렸다. 다리 앞에 차를 세웠다. 미옥은 내리지 않고 한동안 말없이 앉아 있었다.

"세상이 참 허술하다는 생각이 들어. 누군가 죽으면 그 죽음에 의심을 품고, 부검하고, 수사하고, 그런 일들은 영화나 뉴스에만 나오는 것 같아. 당뇨를 앓았던 사람이 죽으면 당뇨 합병증으로 죽었다고 하지. 신부전증을 앓는 사람이 병원에 가면 소변 검사를 하고, 피 검사를 하고, 신장 상태가 어떤지 초음파 검사를 하지. 왜 그 사람이 신부전증에 걸렸는지는 생각하지 않아. 그를 치료하던 의사는 의심 없이 그의 사망 확인서에 신부전증으로 인한 사망이라고 적어. 부모가 오래 앓다가 죽으면 자식들은 부모가 병상의 고통에서 벗어났다며 오히려 다행으로 여기지. 한 사람에게 깃들어 있는 자세한 내막이나 사정 같은 것은 아무도 궁금해하지 않아."

언제부터였을까. 어머니가 간수를 마시고 스스로 목숨을 끊었을 때부터였을까. 마을의 창고 안에서 소금 자루 아래에 고여 있는 간수를 봤을 때부터였을까. 사내들의 아들들에게 자신의 성기를 보여주면서 엄마에게 가해졌던 폭력이 주체와 대상을 바꾼 채 자신에게도 되풀이되리란 걸 깨달으면서부터였을까. 미옥의 얼굴에서 자신의 흔적을 찾으면서도 미옥이라는 존재 자체를 지우려 애쓰는 사내들의 모호하고 이기적인 눈과 마주했을 때부터였을까.

분명한 것은 살아 있는 순간순간이 미옥에게는 고통이었으리라는 것이다. 커다란 소금 자루 아래에서 한 방울씩 더디게 떨어지는 간수처럼 미옥의 마음에도 언제부터인지 모르게 독이 한 방울씩 떨어져 스며들었을 것이다.

미옥의 어머니와 다섯 명의 사내들은 목이 타들어 가고 온몸이 오그라드는 고통 속에서 죽었다. 미옥이 왜 마을을 떠나지 않았는지 비로소 이해할 수 있을 것 같았다.

"이제 조금 편안해졌니?"

"나는 검고 차가운 솥 안에서 태어났지. 나는 어둠 속에서 살다가, 어둠 속으로 돌아갈 거야. 나는 그냥 그렇게 살았고, 앞으로도 그럴 거야. 너는 네가 있던 곳으로 돌아가 네 삶을 살아. 너는 곧 잊게 될 거야. 예전에도 그랬던 것처럼. 이곳에 고여 있는 모든 어둠의 흔적들은 아침이 되면 빛과 함께 사라질 테니까."

미옥은 다리를 건너 짙은 어둠 속으로 들어갔다. 마당에 놓여 있는 검은 솥의 뚜껑을 열고, 내가 있는 쪽을 바라보았다. 나는 미옥이 희미하게 웃고 있다고 생각했다. 미옥은 솥 안으로 들어갔다. 솥 안에서 희고 마른 손이 나와 뚜껑의 가장자리를 잡아당겼다. 미옥은 솥 안으로 완전히 사라졌다. 나는 어둠 속에서 검게 빛나는 솥을 오래도록 바라보았다.

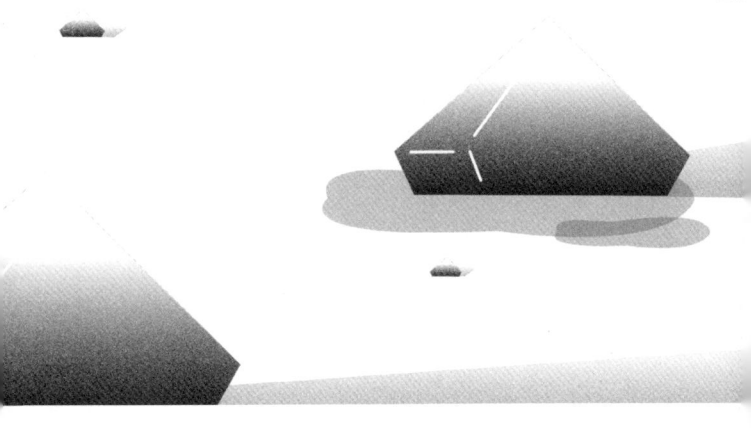

검은 솥

이다지도 간결하고 정숙한

이동욱

2007년 『서울신문』 신춘문예 시로,
2009년 『동아일보』 신춘문예 소설로 등단했다.

이다지도 간결하고 정숙한

나는
책상 위에 놓인 칼.
칼의 편향된 면을 본다.
그것은 칼의 일부, 혹은 당신의 피부.
전부가 되기엔 부족한 부분, 혹은 당신이 아직 내게 보이지 않은 측면.
그곳에 남은 내밀한 고백 같은 것.

크게 숨을 들이마시고 시작하자.
조금만 주의를 기울이면 공기에도 질감이 있다는 것을 알 수 있다. 누구나 가능하다. 손은 사용할 필요 없다. 좀 더 길게, 허파를 가득 채울 때까지 숨을 들이마신다. 코에서 괴상한 소리가 난다. 웃음소리인가. 당신의?

문을 닫는다. 간단하게 우리는 밀폐된다. 지금 막 반죽을 마친 덩어리. 숨을 가득 들이마신 몸으로 그 형태를 느낀다. 부드럽고 촉촉하지만 어떤 소리도 통과하지 못하는 덩어리가 방을 가득 채운다.

소음과의 이별이다. 세상과의 단절이다. 비로소.

간결하고 정숙한 테이블과 그 위에 누운 당신을 마주한다.

천장에서부터 이어진 검은 전선 끝에 한 무리의 빛이 모여 있다. 초인종을 누르듯 전등갓을 건드린다. 빛이 먼저 움직이고 그림자가 그 뒤를 따른다. 언제나 그렇다. 규칙이 생긴다. 빛과 그림자. 변하지 않는 규율. 모든 사물은 제 그림자를 숨기고 있다는 사실을 모른다. 이제 세상엔 믿을 수 있는 것이 별로 없다. 놀랍지 않은가. 당신은 그렇지 않은 모양이다. 규칙과 질서를 만든 사람으로서 나는 서 있다.

당신의 벗은 몸은 눈부시다.

칼은 한 손에 잡힌다.

감색 손잡이 격자무늬가 안정적인 마찰감을 준다. 그

리고 손에 쥐었을 때 조금 남는다. 일부러 고른 것이다. 칼을 쥐면 손잡이의 남은 부분이 보인다. 그것은 재킷 소매 아래로 살짝 드러난 셔츠처럼 보인다. 시간을 확인할 때처럼 손을 뻗어본다. 겹쳐진 엄지와 검지 위에서 은백의 날이 시작된다. 작업은 오래 걸린다. 시간은 충분하다. 하지만 매 순간의 시작과 끝은 찰나에 결정된다.

칼의 한 면을 당신의 어깨에 대어본다. 칼의 한 면으로 당신의 체온이 옮겨오는 중이다. 작업에 거부감이 들지 않도록 하기 위해선 체온이 필요하다. 나는 기다린다. 당신의 참을성에 감사한다. 이윽고 무언가 충만한 느낌이 전해진다. 이 부분은 말로 하기 어렵다. 보이지 않고, 측정할 수 없다. 사람들은 숫자를 좋아한다. 비교하기 쉽기 때문이겠지. 나에겐 눈금이 그어진 막대자가 있다. 숫자로 표현한다면 당신은 어디쯤 있을까. 이건 질문이 아니다.

날을 수직으로 세웠다가 각도를 좁힌다. 서서히 칼을 눕힌다.

그리고 긋는다.

스치는 순간,

칼은 당신과 아주 밀접해지지만 동시에 다시 만날 수 없을 만큼 멀어진다.

나는 볼 수 있다.

지금껏 당신이었다가, 당신이 아닌 걸로 변해, 당신을 떠나는 모든 것들.

나는 마음이 흔들린다. 그리고 흔들리는 마음으로 당신을 본다. 동정同情인가. 당신은 자격이 충분하다.

모든 건 칼이 당신을 만나는 동안에 일어난다. 그만큼 날카롭기에 가능한 일이겠지.

편견 없이, 화해 없이, 동정 없이, 이해 없이, 완벽하고 치밀한 결정이다.

일정하다는 건 좋은 것이다. 그것은 단순하고 강하다. 그리고 내게는 그런 것들이 필요하다.

당신이 아프지 않았으면 좋겠다. 어떤 고통도 느끼지 않기를 바란다. 나는 조용한 상태가 좋다. 당신이 어떤 소리를 만든다면 그것은 분명 소음이 될 것이다. 고통을 표현하는 가장 손쉬운 방법은 비명일 테니까. 그리고 비명에는 어떤 이해도 담기지 않을 테니까. 불규칙한 소음 속에서 당신과 함께 있고 싶지 않다. 다행히 얼굴에는 어떤 표정도 떠오르지 않는다. 약물의 도움에는 언제나 감사하고 있다.

창백한 피부 때문일까. 순간 당신은 인형처럼 보인다. 마치 어느 날 인간이 되기로 결심한 인형처럼 보인다. 상의해 볼 생각도 없이 순진한 결정을 내렸겠지.

그렇다면, 당신이 인형이었다면 거의 성공한 셈이다. 당신은 그렇게 보인다.

아름다움을 좇는 우리는
미美의 근친近親인 셈인가. 그래서

나는 당신과 근친이 되기 위해 테이블 위로 몸을 숙인다. 짙고 풍성한 속눈썹을 당겨본다. 인조人造가 아니다. 선한 눈매에 담긴 눈동자가 미동도 없이 천장을 향해 있다. 그 안에는 어떤 의혹도, 조그마한 의심도 보이지 않는다. 호수 같다. 나는 그 안에 무언가를 떨어뜨린다. 그것은 바늘처럼 수직으로 낙하한다. 영원히 닿지 않는 여행을 떠난다.

당신은 너무 차분해 보인다. 함께 있으면 알 수 있다. 테이블의 정숙함은 금세 나를 전염시킨다.

당신은 몇 번째인가. 기록을 확인해봐야 한다. 하지만 당신은 조금 다른 느낌이다. 나는 그 느낌이 두려움이라 생각한다. 손을 뻗으면 닿지 않고 통과할 것 같다.

호수 같은 눈동자에서 시작된 기운이 피어오른다. 움직인다.
 당신은 안개인가. 매 순간 사라짐으로써 그곳에 존재하는 것인가.
 눈꺼풀을 깜박인다.
 그렇다는 뜻이다.
 나는 답례의 뜻으로 고개를 끄덕인다.

 칼끝을 벗어나면 물방울도 날카로워진다. 마른 뒤에도 자국을 남긴다.

 관찰하기 위해, 좀 더 알기 위해 관찰하는 순간 대상은 흐트러진다. 변한다. 그때 내가 보는 것은 처음 내가 보고자 했던 것이 아니다. 알고자 했던 것이 아니다. 이미 그것은 변한 것이다. 사람도 그렇다. 사랑도 그렇다.
 들여다보는 순간, 사랑은 변한다.
 변한 사랑은 어떤 식으로든 오해를 남긴다. 우리가 갖는 것은 그것뿐이다. 알맹이를 떨어뜨리고 껍데기만 남은 과일의 진득한 감촉을 손에 남기는 것이다.

 첫사랑은 중학교 때였다.

 그 아이의 독후감을 읽었다. 정확히는 독후감을 낭

독하는 그 아이의 목소리를 칠판 좌우에 달린 스피커로 들었다. 점심시간이 지난 교실에는 달콤한 졸음이 가라앉아 있었다. 그 정적 속에서 나는 혼자 사랑에 빠졌다. 그 아이가 쓴 문장에 빠졌다.

그 독후감의 마지막 구절. 돌아섰던 내 마음을 다시 돌린, 정확히 그만큼, 아니 더 강하게 끌어당겼던 그 문장을 기억한다. 더러 내 독후감 마지막 문장으로 슬쩍 끼워 넣기도 할 만큼 나는 그 문장에 빠져버렸다.

글을 쓰고 싶었다.

하지만 글을 쓰는 순간, 글을 읽는 순간, 머릿속에는 수많은 어휘를 실은 파도가 태풍에 몸을 싣고 다녔다. 물이 가득 찬 유리잔. 투명한 흔들림을 보장하지 못하는 의미들 속에서 흐름을 잡으려 안간힘을 썼다. 그럴수록 몸에는 경련이 일었다. 정신을 오염시켰다.

오랜 시간이 지나, 때로 그것은 희열이 될 수도 있다는 걸 알았다. 언제나 고통이 지나는 자리엔 무언지 모를 감각이 돋아났는데 나는 그것을 하나씩 뜯어먹으며 지금껏 살았다.

말이 길어졌다. 생각이 많아지면 나는 자신도 모르는 말을 혼자 중얼거리곤 했다. 중얼중얼. 중얼거림으로써 생각을 정리하고, 생각을 내보냈다. 혼자 있을 때면 괜찮다. 무방비 상태로 자신만의 대화에 빠져든다. 그 속에서 나는 봄 들판 아지랑이가 되기도 하고, 해저를 누비는 상어가 되기도 한다. 하지만 그날 나는 혼자 있지 않았다.

사람들의 시선이 모인다. 오해를 살 수 있다.

그때 당신을 만났다.

그때 나는 방심하고 있었다. 당신은? 기억나지 않는다.

당신은 왜?

당신은 왜 내게 말을 걸었을까. 알 수 없다. 알게 된다면 우리는 대화라는 형식으로 서로를 이해할 수 있을 것이다. 확신할 수는 없지만.

후회는 항상 늦다. 아니다. 저질러놓고 돌아보는 것이 후회다. 후회하는가? 물어온다면 아니라고 대답하겠지. 아무도 내게 물어보지 않았다. 말을 걸지 않았다.

그런데 왜 그랬을까. 당신이 대답하지 않아 나는 우울해진다. 당신을 남겨두고 거리로 나선다. 오늘은 약속 시간을 늦게 잡은 날이다.

어젯밤부터 내린 비가 계속 내린다. 내리는 비는 내가 가진 처음을 잊게 한다.

무수한 확률을 지나 내리는 비는 지상의 빈틈을 견디지 못한다. 모든 곳에 있고, 모든 것을 껴안는다. 물들인다. 야외의 꽃을 받아들인다. 플라스틱과 고철을 구별하지 않는다. 값비싼 구두와 슬리퍼를 구별하지 않는다. 보기 좋은 풍경이다. 나도 예외는 아니다. 잠시나마 세상과 섞이는 기분을 만끽한다.

가족의 건강이 행복이라 말하던 엄마는 아침마다 채소를 믹서기에 넣고 갈았다. 덕분에 우리의 아침은 믹서기 돌아가는 소리로 시작했다. 위이이잉 착. 위이이잉 착. 식탁 위로 착. 엄마, 이건 뭐예요? 몸에 좋은 거야. 냄새가 이상해요. 너도 내 몸에서 낳은 거다. 그런데 넌 왜 제대로 씻고 다니지 않는 거냐. 엄마, 이건 뭐예요? 못 먹겠어요.

착. 착. 짝.

순간, 볼에 불꽃이 일었다. 고개가 휙 돌아갔다. 곧이어 한쪽 볼이 화끈거렸다. 몸에 좋은 것만 넣었다. 냄새는 곧 익숙해질 거다. 좋은 것만 섞었는데 왜 냄새가 이상해요? 엄마는 피곤하다. 자꾸 말대답할래?

착. 착. 짝.

그래요 엄마, 이제 생각해보니 좋은 것도 섞이면 악취가 날 수 있네요.

나는 엄마를 사랑했어요. 엄마의 팔과 다리와 머리와 피부와 물컹한 내장까지. 그런데 그걸 한데 섞어놓으니

견딜 수 없는 냄새가 났어요. 미안해요. 그 냄새는 익숙해지지 않아요.

   정류장 앞으로 몇 대의 버스가 지나간다.
   승객이 없어도 버스 출입문이 냉장고처럼 열렸다 닫히는 것을 지켜본다. 때로 알이 한꺼번에 부화되듯 사람들이 내리기도 한다. 걸어갈까? 포기할 때쯤 기다리던 버스가 도착한다.
   도로는 젖어 있다. 차창 밖으로 보이는 차들은 모두 천천히 달리고 있다. 움직이는 시간보다 멈춰 있는 시간이 길다. 교차로를 지나면서 버스 기사가 맞은편 버스 기사에게 손을 흔든다. 한 손이 다른 한 손을 잡아 매듭을 만들듯 두 사람이 악수를 하고 헤어지는 장면이 그려진다. 악수를 하고 나면 항상 손에 비린내가 남는다. 비린내는 보이지 않는다. 투명하다. 몇 번을 겹쳐도 마찬가지다.
   밀봉된 피에는 냄새가 없다. 공기와 만나는 순간 냄새가 난다. 피부는 매우 얇은 막이다. 사람들은 물풍선일지도 모른다. 나는 날카롭지 않다. 울고 싶지 않다.
   창틀에 올린 팔. 셔츠 소매 끝에 매달린 단추가 흔들린다. 둥근 단추가 흔들린다. 얇은 실에 매달려 흔들린다. 녹슨 단두대만큼 비극적인 죽음이다. 광장에 모인 중세인들처럼 나는 무언가 결정적인 사건을 기다린다.

버스 문이 열릴 때마다 옆자리 여자에게서 향수 냄새가 난다. 내가 모르는 냄새다. 알고 싶은 냄새다. 고개가 돌아갈까 봐 눈을 부릅뜬 채 정면을 응시한다.

버스에서 내린다. 그곳 정류장에도 많은 사람들이 모여 있다. 그들은 목을 돌려 한곳을 바라본다. 교차로 멀리서 신호를 기다리며 서 있는 버스 무리가 보인다.

사거리에서 나는 초식동물의 눈을 가진다.

그 눈으로 사람들을 관찰한다.

우리는 모두 같은 내장 기관을 갖고 있다.

때로 내 안의 모든 기관들이 언젠가 더 이상 움직이지 않게 될 날이 올 것이라는 생각이 나를 침울하게 한다. 먼저 심장이 멈추면 피가 돌지 않겠지. 허파에 공기가 드나들지 않고, 위장이 텅 빈 공백으로 썩어갈 테지. 그럴 바에 그것들이 누군가의 몸속으로 들어가 다시 미친 듯이 사랑에 빠지고 끊임없이 움직이는 것이 더 나은 일 아닌가. 사랑에 미친 장기들이, 굶주림에 지친 위장이 식도를 통과한 음식을 빨아들이듯, 엔진이 돌아가는 소리를, 쇠와 쇠가 부딪히는 소리를 내며 움직이는 것이 들리는 듯하다.

장기 기증이라니, 질 나쁜 농담이다.

의사는 내 농담을 좋아한다. 나는 그의 소파를 좋아

한다. 팔걸이를 짚고 엉덩이를 대는 순간 소파는 살집이 많은 동물처럼 내 몸을 받아준다. 온순하다. 기분이 좋아진 나는 상담 시간 대부분 텔레비전에서 배운 농담을 의사에게 들려준다. 학습된 동물은 서로에게 얼마나 편리한가. 나는 앞발을 건네고 간식을 받아먹는다.

처방전을 받고 상담 일정을 조정했다. 데스크의 간호사가 바뀌었다. 머리핀이 예쁘다고 하니 환하게 웃었다. 오려서 갖고 다니고 싶은 미소였다.

앞으로 잘 부탁해요, 혜정 씨.

봉긋한 가슴에 달린 명찰이 반짝였다. 이름을 부르면 더 친근하게 느껴지는 법이라고 배웠다. 의사도 내 이름을 부른다. 그녀도 내 이름을 알고 있으니 상관없겠지.

나는 선량한 미소를 가지고 있다.

하루 잘 보내세요.

그녀는 다시 한 번 웃으며 내가 나가는 모습을 지켜본다. 유리문을 통해 그녀의 웃는 얼굴이 반사되어 보인다.

앞발을 건네면 간식이 나온다.

내 안에 칼이 눈뜰 때

그것은 빛나는 상징이 된다.

정수리에 칼을 꽂고 회전하는 과일과 칼의 한 면이 받아내던 햇빛.

거기에는 나를 원시原始로 밀어내는 느슨한 힘이 있었다. 상담실의 가죽 소파와 같다.

피겨 선수의 가냘픈 발목으로부터 갈라지는 얼음. 사방으로 흩어지는 것들의 방향성. 없는 방향성을 지키는 움직임. 처음부터 제 것이 아니었다는 듯 미련 없이 흩어지는 것들. 그럼에도 불구하고 칼은 내가 간직하는 가장 아름다운 자세이다.

그날 달빛은 부드러웠고 나를 포기하지 않았다.

처방전에 따라, 물을 한 모금 입에 담고 알약을 떨어뜨린다. 입 속에서, 알약이 목젖을 향해 천천히 가라앉고 있는 것이 느껴진다. 수장된 고대 도시를 향해 잠수하는 다이버처럼 알약은 거침없이 떨어지고 있다. 이제 곧 수많은 공기 방울처럼 졸음이 솟아오를 것이다. 나는 눈을 감고 숫자를 떠올려본다. 숫자의 형상이 흐릿해진다. 윤곽은 모래성의 가장자리처럼 허무하게 잠의 영역으로 흩어진다. 눈의 힘이 풀리면서 근육이 이완된다. 무기력해진다. 성근 의식 속으로 거실 시곗바늘 소리가 침입한다. 바늘은 이내 망치가 되어 일정한 간격으로 내 머리를 두드리기 시작한다. 공명이 시작된다.

바늘이 움직일 때마다 잊었던 기억들이 플래시처럼 터지며 벽면 가득 인화된다.
쾅. 쾅.
고대 도시의 기둥 아래, 무언가 반짝이는 물체가 보인다. 그것은, 불빛은 모스 부호처럼 일정한 주기를 두고 반짝인다. 나는 더 이상 잠수하지 못한다.

샤워기에서 차가운 물이 쏟아지자 숨이 가빠진다. 체온이 떨어진다. 떨어진 체온은 다시 오를 것이다. 기다리면 된다. 거울에 비친 몸에는 온통 물방울이 맺혀 있다. 그것은 몸으로 낳은 알. 투명한 속을 비치며 그 속에서 무언가 태어날 것 같다. 나는 손바닥으로 물기를 쓸어내며 밖으로 나온다. 바닥으로 물방울 무리가 떨어진다.
체온이여, 벗이여, 친구여, 새벽을 함께 나눌 소중한 공기들, 바람들이여.
나는 끊임없이 누군가를 부르고 있다. 그렇다. 그래야 한다.

평소에는 시간이 아주 느리다. 느리게 곁을 지나간다. 내 작은 창은 온통 시꺼멓다. 나는 거대한 물고기의 눈알을 보고 있다. 권태로운 수족관에 사는 물고기처럼 이제 움직일 시간이다.

골목길에 들어서는 순간 낯선 기척을 느낀다.

내가 다가가자 고양이는 쓰레기 봉지를 포기하고 담장 구석으로 몸을 숨긴다. 나는 기다린다. 고양이가 어둠과 같아질 때까지 그 앞에 앉아 있다. 먼저 손을 내밀자, 고양이는 입을 벌려 한 쌍의 송곳니를 보여준다. 동굴의 심연에서 자라는 종유석 같다.

고양이의 송곳니로 내 입엔 침이 고인다.

고양이를 키운 적 있다. 그날,

나는 고양이와 놀았다. 고양이는 도망 다녔다. 나는 술래였다. 집 안은 난장판이 되었다. 이불이 활개치고 행어에 걸린 옷가지가 떨어졌다. 고양이는 노끈으로 묶어놓은 책 더미를 딛고 책장 위로 올라갔다. 그 위에서 바들바들 떨면서 오줌을 지렸다. 고양이는 쉽게 잡히지 않았다. 나는 쉽게 잡지 않았다. 구석구석, 집에는 틈이 많았다. 구석에 숨는 건 반칙이다. 나는 책장에서 뽑아낸 책으로 집 안의 틈을 막았다. 그래도 고양이는 쉽게 잡히지 않았다. 그게 포인트였다. 하지만 고양이는 이해하지 못했다.

목에 줄을 감았다. 회전목마처럼 우리는 돌았다. 즐거운 곳에서는 날 오라 하여도. 내 쉴 곳은 작은 집. 내 집뿐이리. 노래가 끝나자 고양이도 멈췄다. 식탐이 많고 움직이기 싫어하던 녀석이었다. 나는 축 늘어진 앞발을 들었다 놓았다. 지루하지 않았다. 방바닥의 햇살 조각이 구석으로 움직이더니 이내 흐릿해졌다. 앞발은 아직 따뜻했다. 다만 벌린 입 밖으로 혀가 비어져 나왔다. 그건 어쩔 수 없다. 피가 간지러웠다. 이런 감정을 느낀 적 있다.

첫사랑이었다.

첫사랑 그 아이는,
자신의 방 창문이 흔들릴 때마다 소설 속 주인공이 자신을 찾아와 창문을 두드리는 것이라고 했다. 그 문장을 마지막으로 낭독한 뒤 마이크를 껐다. 그런 낭만이 있었다.
내 방 창은 언제나 어둡다.
바람이 연약한 창문을 들썩이게 할 때마다, 창밖에 누군가 서 있다고 생각한다. 그 아이가 내게 들려준 마지막 문장처럼.
창문을 열면 사라지는 그 소리처럼.

그것이 나의 칼이다. 내가 지켜야 할 상징이다. 나는 그곳에서 조금도 벗어나지 못했다.

발소리를 앞세워 누군가 걸어온다.

가능한 일인가.

아직 준비가 안 됐다. 하지만 이제 와서 왜 지금인가는 묻지 말자. 그는 높은 담장 덕분에 아직 보이지 않는다. 발소리의 주인은 일정한 보폭을 가졌다. 그리고 회의懷疑하는 나를 비웃기라도 하듯 분명하게 다가온다. 확신에 찬 걸음걸이다. 날개를 펼친 공포가 나를 사로잡는다. 눈꺼풀이 떨리며 목 언저리로 좁쌀만 한 소름이 우수수 돋는다.

골목길은 어둡고 좁다. 함부로 내다 버린 가재도구와 수거해 가지 않은 쓰레기봉투가 겹겹이 쌓여 있다. 고양이가 있던 곳에 고양이는 보이지 않는다. 다만 털 뭉치가, 둥글게 말린 어둠이 고양이 그림자처럼 남아 있다. 나는 무릎을 굽힌다. 그 안으로 들어간다. 바람이 분다. 비가 왔으면 좋겠다. 다시 섞일 수 있을까. 한 손으로 가슴을 눌러 그 안에 두근거리는 것을 다독인다.

책을 찾는 사람

이영훈

2008년 『문학동네』로 등단했다. 장편소설 『채인지킹의 후예』, 중편소설 『연애의 이면』 등이 있다.

막 겨울을 벗어나 해가 길어지던 무렵이었다. 아침에 밖에서 일을 본 후 집에 돌아 온 것이 5시였다. 급하게 건네주어야 할 원고가 있어 늦게까지 글을 써야 했다. 여러모로 마음이 부산했다. 얼마 남지 않은 마감 기한을 머릿속으로 이리저리 쪼개어보면서, 대체 시간이 많을 때는 무얼 했는가, 나는 왜 마감을 지키질 못하나, 따위의 수백 번쯤 했던 후회를 반복하며 터덜터덜 집 계단을 올라가고 있었다. 다세대 주택의 5층, 내가 사는 집에 닿았을 때 누군가 내 이름을 불렀다.

"맞죠?"

계단참에 서 있던 그녀가 내게 물었다. 전혀 모르는 사람이었다. 누군가 집에 찾아올 만한 용무가 있나 떠올려봤지만 극성스러운 포교 활동 이외에는 생각나는 일이 없었다. 하지만 포교 활동이라면 이름을 알고 있진 않을 것이다. 엉거주춤하게 고개를 숙이며 "맞습니다" 하고 말하자 그녀는 나를 따라 고개를 숙였다.

"안녕하세요."

짧게 인사한 후 그녀가 나를 바라봤다. 검은 니트에 청바지, 패딩 조끼에 운동화, 그리고 발치엔 검은 토트백. 그리 멀지 않은 곳을 다녀올 때처럼 간편한 차림이었다. 나이는 나와 비슷한 또래. 잠시 그녀가 용건을 말하기를 기다렸지만 그녀는 아무 말도 하지 않았다.

"무슨 일이시죠?" 참다못해 묻자,

잠시 망설이던 그녀는 이윽고 마음을 굳힌 듯 입을 열었다.

그녀는 집 근처 도서관의 이름을 댔다. "거기 회원이시죠?"

몇 년 전 생긴 작은 규모의 마을 도서관이었다. 장서가 많은 편은 아니었지만 무척 가까웠기에 자주 이용하곤 했다.

고개를 끄덕였다. 그러고 보니 그곳에서 책을 한 권 빌려놓은 상태였다. 어쩌면 책을 찾으러 온 직원이 아닐까 싶어, "거기 직원이세요?" 하고 물었지만 곧바로 생각을 고쳤다. 빌린 책은 장기 대출이라 반납일이 한참 남아 있었고, 책을 돌려받기 위해 회원의 집으로 찾아오는 도서관 직원은 본 적이 없었다.

흥미로운 것은 그녀의 반응이었다. 내 말을 들은 그녀의 얼굴에 묘한 기운이 돌았다. 좋은 거짓말을 떠올린 어린아이 같은 표정이었다. 몇 번인가 입술을 달싹거리던 그녀는 한숨을 쉬었다.

"직원은 아니에요."

쓴웃음을 지으며 그녀가 말했다. 천연덕스럽게 거짓말을 하는 성격은 아닌 모양이었다.

"하지만 관계가 있긴 해요."

"도서관에요?"

"아뇨. 거기서 빌린 책에요."

내가 빌린 책? 한 걸음, 그녀가 내게 다가왔다.

"당신이 빌린 책을 내게 빌려주세요." 느리게, 하지만 정확하게 그녀가 말했다. "그 책이 필요해요."

영문 모를 말이었다. 두세 걸음 떨어진 곳에 선 그녀는 나를 똑바로 응시하고 있었다.

"그러니까," 괜히 허공으로 눈을 굴리며, "도서관에서 내가 빌린 책을 빌려 달라?" 그녀의 용건을 되짚어보았다.

툭, 그녀는 고개를 끄덕였다.

"내가 빌린 책이 무언지는 알고 있어요?"

"잃어버린 시간을 찾아서, 의 2권." 재빨리 그녀가 말했다. "지난달에 빌리셨죠. 장기 대출이라 반납일은 다음 달이고."

책을 찾는 사람

뭐지, 이건?

"어떻게 아셨어요?" 내가 묻자,

"뭘요?" 천연덕스럽게 그녀가 되물었다.

"무슨 책을 대여했는지는 개인 정보잖아요." 살짝 인상을 찡그리며, "뭘 빌렸는지 어떻게 알았느냐고요. 게다가," 나는 물었다. "여기 주소는 또 어떻게 알았고."

이리저리 눈을 굴리던 그녀는 이내 어쩔 수 없다는 듯 말했다. "찾아다녔어요."

"나를?"

"책을 빌린 사람을." 그녀가 고쳐 말했다. "무척 공을 들여서, 열심히 찾아다녔어요."

어떻게 알았느냐는 물음에 열심히, 라고 답하는 건 사실 아무것도 말해주지 않은 거나 마찬가지였다. 여러 가지 기분이 한꺼번에 떠올랐다. 우선은 불쾌함. 내가 빌린 책이 무엇인지 다른 사람이 알고 있다는 건 기분 좋은 일이 아니다. 그 다음은 의구심. 개인의 대여 기록과 신상은 중요한 정보다. 타인에게 그걸 알린다는 건 심각한 문제였다. 직원이 아니라면 그런 정보는 어떻게 알아냈을까? 마지막으로 호기심. 어떻게 알아냈는지는 그렇다 치고, 대체 왜 그 책을 빌려달라는 거지?

"다 읽으셨어요?" 그녀의 물음에,

나는 고개를 저었다. "절반 정도요. 반납일은 다음 달이니까."

"마저 읽으셔야 해서 빌려줄 수 없다면," 그녀가 말했다. "새 책을 드릴 수도 있어요. 빌린 책을 제게 주시면, 똑같은 책을 드릴게요."

똑같은 책? 계단참에 놓인 그녀의 토트백이 눈에 들어왔다. 어쩐지 그 가방 속에는 내가 도서관에서 빌린 것과 똑같은 책이 들어 있을 것만 같았다. 빌린 책을 주면 그 자리에서 당장 새 책을 꺼내어 내게 들려주진 않을까? 쓸데없는 생각일지도 모르지만, 당장 같은 책을 주겠다고 하지 않았나. 설사 가방 속에 똑같은 책이 들어 있는 것은 아니더라도, 굳이 도서관에서 빌린 책을 얻어내기 위해 같은 책을 가져다주겠다고 하는 건 분명 비정상이다. 거기까지 생각이 미치자 다른 모든 기분을 제치고 불쑥 경계심이 솟았다.

"이건 좀 아닌 거 같아요." 그녀에게서 등을 돌렸다. 몸으로 문을 가리고 비밀번호를 눌렀다. "갑자기 찾아오신 것도 그렇고, 다짜고짜 빌린 책을 달라고 하는 것도 그렇고." 현관문을 열고, "책은 될 수 있는 한 빨리 반납하겠습니다. 그때 도서관에서 빌려 가세요." 집 안으로 들어간 후, "죄송합니다." 서둘러 문을 닫았다.

잠시 자리에 서서 바깥의 기척을 살폈다. 문을 두드리거나 초인종을 눌러댈 수도 있다고 생각했지만 밖은 잠잠했다. 아무 일도 일어나지 않는 것을 확인한 후 집으로 들어왔다.

책을 찾는 사람

맨 처음 한 일은 역시 빌린 책을 찾아보는 것이었다. 절판이 된 희귀본 같은 것이 아니었다. 당장 서점에 가면 쉽게 구할 수 있는 책을 저렇게까지 애타게 찾아다닌 데에는 이유가 있을 것이다.

하지만 책은 도무지 눈에 띄질 않았다. 책꽂이에 꽂힌 제목을 하나하나 훑어보고 아무렇게나 쌓인 책 무더기도 다 들춰봤지만 『잃어버린 시간을 찾아서』는 없었다. 흔한 일이었다. 손이 가는 대로 책을 읽다가 아무렇게나 던져두는 버릇 때문에 뻔히 있는 책을 찾지 못하는 경우가 자주 있었다. 그게 『잃어버린 시간을 찾아서』라는 건 좀 역설적이었지만.

가끔 하는 농담이 있다. 도서관에서 볼 수 있는 슬픈 풍경은? 『잃어버린 시간을 찾아서』의 1권이 대출된 후 다시는 돌아오지 않는 모습. 그보다 더 슬픈 풍경은? 겨우 1권이 돌아왔지만 2권은 그대로 꽂혀 있는 것. 경험에서 나온 농담이었다. 학교 도서관에서 1권을 빌렸지만 대출 기한을 한참 넘겨 반납한 뒤 2권은 빌리지 않았다. 마을 도서관에서 2권을 빌린 것은 그 때문이었다. 이번에는 끝까지 읽어볼 작정으로 장기 대출을 해왔지만 오래 전 읽은 탓에 1권의 내용이 가물가물해 진도가 잘 나가지 않았다. 책을 제대로 이해하려면 아무래도 1권부터 다시 빌려야 할 것 같았다.

덕분에 새로운 농담이 몇 개 떠올랐다. 도서관에서

볼 수 있는 이상한 일은?『잃어버린 시간을 찾아서』의 2권이 대출되어 한참 있다 돌아온 뒤, 거꾸로 1권이 대출되는 일. 그보다 더 이상한 일은? 빌려온『잃어버린 시간을 찾아서』를 찾아, 모르는 사람이 집으로 찾아오는 일.

한참 책을 뒤지다 결국 보통의 방법으로는 책을 찾을 수 없다는 결론에 이르렀다. 내게는 책을 찾는 특별한 요령이 있었다. 과정이 좀 번잡하긴 하지만 요령대로 하면 틀림없이 책을 찾을 수 있었다. 본격적으로 책을 찾아보려던 그때 전화기가 울렸다. 마감을 독촉하는 전화였다. 최대한 빨리 원고를 주겠다고 답한 후 전화를 끊었다. 그대로 책상에 앉아 일을 했다.

그럭저럭 초고를 끝내고 숨을 돌리자 밤이 되어 있었다. 원고를 검토하기 전 시간을 둘 필요가 있었다. 배가 고파서 간단한 먹을 것을 사기 위해 옷을 챙겨 입고 현관문을 나섰을 때,

계단참에 앉아 있는 그녀를 보았다.

문을 열 때부터 어쩌면 그녀가 기다리고 있을지도 모른다는 생각을 하긴 했다. 덕분에 크게 놀라지 않을 수 있었다. 어두컴컴한 계단 한가운데에 자리를 잡고 앉아 있던 그녀가 멀뚱히 나를 바라봤다.

"지금 이 상황, 되게 이상한 거 알죠?" 될 수 있는 한 덤덤하게 나는 말했다.

말없이 그녀는 나를 응시하고만 있었다.

"입장을 바꿔서 생각해보세요." 집 앞 타이머 전등의 불빛이 꺼졌다. 주변이 온통 캄캄해졌다. "그쪽이 혼자 사는 집에, 모르는 남자가 불쑥 찾아와서 다짜고짜 빌린 책을 달라고 하면 겁나지 않겠어요?"

어둠 속에 까맣게 윤곽만 드러난 그녀가 고개를 숙였다.

"당연히 알죠." 한숨을 쉬고, "그런 건 그쪽보다 제가 더 잘 알 걸요?" 그녀가 말했다. "하지만 그런 것 모두, 뻔히 알아도 이렇게 할 수밖에 없어요."

머리 위로 손을 휘휘 저어 타이머 전등을 켰다. 불이 켜지자 그녀는 고개를 들고 나를 쳐다봤다. 그녀는 아무런 망설임도 거리낌도 없이, 그저 똑바로. 이렇게 할 수밖에 없다. 무엇 때문에? 불쾌함이나 짜증, 경계심 같은 기분은 모두 주저앉고 호기심이 일어섰다.

"문제가 있어요." 현관문을 열고, "책을 어디에 뒀는지 모르겠어요. 집 안에 있는 건 확실하지만 찾아봐야 해요." 나는 말했다. "기다려보세요."

그녀가 자리에서 일어섰다. 문을 열어둔 채 집으로 돌아갔다.

다시 책을 찾았다. 복도에 선 그녀의 움직임에 맞추어 타이머 전등이 꺼지고 다시 켜졌다. 오후부터 밤까지 그녀는 계단에 앉아 있었다. 그녀가 기다리는 동안 불빛은 몇 번이나 켜지고 꺼졌을까. 현관 쪽으로 몸을 빼 그녀를 살폈다. 막 불이 꺼져 어두운 곳에 남은 그녀를 향해 나는 말했다.

"시간이 좀 걸릴 것 같은데, 들어오실래요?"

망설이듯 그녀가 집 안을 들여다봤다.

"거북하시면, 문은 열어두셔도 돼요." 서둘러 덧붙이자,

피식 웃으며 그녀는 현관으로 들어와 문을 닫았다. 운동화를 벗은 후 그녀는 천천히 발을 디뎠다. 낡은 바닥을 밟는 것처럼 조심스러운 걸음이었다. 나는 그녀에게 소파의 자리를 권했다. 한동안 거실에 선 채 그녀는 늘어선 책꽂이와 아무렇게나 쌓인 책 무더기를 돌아봤다. 모르는 사람을 집에 들인 것이 불편해서 나는 더더욱 열심히 책을 훑었다.

"책이 많네요." 그녀가 말했다.

직업이니까, 라고 말하려다 쓸데없는 소리라는 생각에 입을 다물었을 때,

"책이 많은 사람들이 흔히 받는 시시한 물음을 해도 될까요?" 장난스러운 미소를 지으며 그녀가 물었다.

어떤 물음일지 대충 짐작이 갔다.

"해보시죠." 고개를 까딱이며 나는 말했다. "나름 괜찮은 대답이 있으니까."

"여기 있는 책," 턱으로 슬쩍 책들을 가리키며, "다

읽으셨습니까?" 그녀가 물었다.

"옷장의 옷을," 짐작했던 질문에 맞춰, "모두 껴입고 다니나요?" 준비된 대답을 했다.

바람이 새는 것처럼 웃으며, "재밌네요. 좀 신경질적이긴 하지만." 그녀는 내가 권한 소파에 가 앉았다.

"책이 많으세요?" 몇 개의 책 무더기를 옆으로 옮기며 물었다.

"원래는요. 요즘은 많이 줄였어요."

"그럼 갖고 있는 책을 다 읽었느냐는 물음엔 뭐라고 답해요?"

그녀는 툭, 고개를 흔들었다. "그런 시시한 물음엔 대답하지 않아요."

나의 대답과 그녀의 반응 중 어느 쪽이 더 신경질적인지 알 수 없었다.

허리를 굽혀 눈길이 잘 닿지 않는 아래쪽의 책을 뒤졌다. 이렇게 해도 끝내 찾지 못한다면 그때는 특별한 요령을 쓰는 수밖에 없었다.

"옷으로 비유하자면 『잃어버린 시간을 찾아서』는 제일 두꺼운 롱 패딩 같은 거 아닌가요?" 그녀가 말했다. "그 두꺼운 책을 어떻게 못 찾을 수 있어요?"

"독서 습관이 엉망진창이라서요." 몸을 일으키고 나는 말했다.

결국 요령을 발휘해야 하는 순간이었다. 소파에 앉은

그녀를 슬쩍 곁눈질했다. 새삼스레 그녀를 집에 들인 것이 후회됐다. 이후의 번잡한 과정을 보여주는 것은 아무래도 부끄러웠다.

"이렇게 해서는 못 찾겠네요." 괜히 그녀를 곁눈질하며 나는 말했다. "특별한 요령을 써야 할 것 같은데, 괜찮을까요?"

"그쪽 집이잖아요." 그녀가 고개를 까딱였다. "제 눈치 볼 것 없어요."

그렇군. 내 집이었지. 책을 잃어버린 것도 나고, 부끄러운 것도 나고. 길게 한숨을 쉬고 나는 눈을 감았다. 목을 몇 번 돌린 후, 몸에 힘을 빼고 긴장을 풀었다. 깊이 숨을 쉬었다가,

"뭐하세요?" 내쉬려는데, 그녀가 물었다.

"집중이오." 다시 호흡을 고르며, "책을 읽던 때로 돌아가는 거예요." 나는 말했다.

"어떤 때요?"

"『잃어버린 시간을 찾아서』를 읽던 때. 그러니까," 머릿속으로 책의 내용을 가늠했다. "스완이 베르뒤랭 부부의 저녁 파티에 찾아가는 장면을 읽고 있던 때."

마지막으로 읽은 것이 그 장면이었다. 몇 주 전 그녀가 앉은 소파에 턱을 괴고 누워, 오래전 읽어 제대로 기억도 나지 않는 1권을 아쉬워하며, 복잡하고 미묘하게 표현된 소설의 내용을 어떻게든 머릿속에 담아보려 했

었다. 그때의 감각을 되살리기 위해 온 신경을 집중하고 있을 때,

"이상하네요?" 의아한 듯 그녀가 말했다. 그녀를 돌아봤다. "아까, 절반 정도 읽었다고 하지 않았어요?" 눈썹을 찡그리며, "그 대목은 책의 초반일 텐데?" 그녀가 말을 이었다.

멍하니 그녀를 바라봤다. 그렇군, 정말 이상하군.

"집중하게 해줄래요? 책을 찾아야 하잖아요?"

고개를 끄덕이며 그녀는 장난스럽게 손가락을 입에 가져다 댔다. 다시 눈을 감고 나는 책의 내용을 떠올렸다. 『잃어버린 시간을 찾아서』의 초반부.

소파에 누워 뒹굴거리다, 잠이 들었다. 새벽에 깨어 비몽사몽간에 책을 들고 침실로 갔다. 마치 그때로 돌아간 것처럼 나는 잠이 덜 깬 몸짓으로 침실을 향해 걸었다. 침대의 머리맡에 책을 놓고 잠깐 눈을 감았다가, 이를 닦지 않았다는 것을 떠올리고 힘겹게 몸을 일으켜 화장실로 갔다. 일부러 비틀거리며 화장실로 가 이를 닦는 것처럼 거울을 들여다보고 침대로 돌아왔다. 다시 눕자, 머리맡에 놓인 두꺼운 책이 거추장스러워서,

맞아, 책이 거추장스러워서, 평소였다면 침대 옆의 책 무더기에 올려놓았을 테지만 『잃어버린 시간을 찾아서』는 너무 두꺼운 책이어서, 책을 치우기 위해, 되는 대로 손을 뻗어, 왜인지는 모르겠지만.

나는 침대 밑에 달린 커다란 서랍장을 열었다. 입지 않는 옷이나 작은 이불 같은 것을 넣어두는 곳이었다. 서랍장 안 푹신한 이불 위에 『잃어버린 시간을 찾아서』의 2권이 다소곳이 놓여 있었다.

책을 들고 거실로 나갔다. 책을 들어 보이자 그녀가 환하게 웃었다. 나는 찾아낸 책을 그녀에게 건넸다.

"특별한 요령." 책을 받아들고 그녀가 말했다. "뭔지 알아요."

"알아요?"

"매거크 소년 탐정단." 확인하듯 그녀는 고개를 크게 끄덕였다. "거기서 나온 요령이죠?"

맙소사.

"그 책을 알아요?"

다시 한 번 그녀는 고개를 끄덕였다. 그녀의 말처럼 책을 찾는 나의 요령은 『매거크 소년 탐정단』에서 빌려온 것이었다. 사라진 신문 배달 소년 사건에서 매거크가 같은 방법으로 잃어버린 열쇠를 찾은 적이 있었다. 마음을 집중하고 몸을 움직이는 방식으로 매거크는 무척 공을 들여 열심히 물건을 찾아냈다.

"그 책 아는 사람은 처음 봐요." 나는 진심으로 감탄했다.

"난 두 번째예요." 손가락을 두 개 세우고, "지금까지 만난 사람 중에 매거크 소년 탐정단을 아는 사람은 당신을 포함해 겨우 두 명 있었어요." 그녀가 말했다.

 책을 품에 안은 채 그녀는 즐거운 듯 웃었다. 한참 그녀를 따라 웃다 보니, 문득 여러 가지 일들이 떠올랐다.

 잠시 생각을 가다듬은 후, "몇 가지 듣고 싶은 게 있어요." 나는 말했다. "대답해줄 수 있어요?"

 동의를 구하듯 나는 그녀를 바라봤다. 희미하게 미소 지으며 그녀는 고개를 까닥였다.

 "우선," 턱에 손을 괴고 나는 말했다. "그 책을 빌려간 게 나라는 건 어떻게 알았어요? 집은 어떻게 알았고."

 슬쩍 고개를 숙이고, "첫 질문부터 난감하네요." 그녀가 말했다. "그건 좀 나중에 대답할게요."

 개운하진 않았지만 받아들일 수밖에 없었다. 나는 다음 물음을 떠올렸다.

 "『잃어버린 시간을 찾아서』는 여러 가지 판본이 있어요." 책을 가리키며, "지금 들고 있는 것처럼 두껍게 나온 것도 있고, 얇게 여러 권으로 나뉜 것도 있어요. 그런데 내가 읽고 있던 부분을 이야기했을 때, 그게 초반부인 걸 알고 있었잖아요?" 나는 물었다. "그 책, 이미 다 읽은 거죠? 같은 판본으로."

 천천히 고개를 끄덕이는 그녀에게,

 "이미 다 읽은 책을 왜 빌리려고 해요?" 나는 물었다.

 말없이 그녀는 책을 들여다봤다.

 "1년 전쯤 없어졌거든요." 천천히, 그녀가 말했다. "분명히 집에 있었는데 1권과 2권만, 없어졌어요." 그녀의 입가에 웃음이 옅어졌다. "남편이 자살했던 때에."

나는 할 말을 놓쳤다.

"몇 번이고 반복해서 읽던 책이었어요." 그녀는 설핏 다시 웃었지만, "결혼하면서, 나도 남편도 책을 많이 줄였어요. 정말 필요한 책이 아니면 될 수 있는 한 도서관에서 빌리기로 했죠. 그러다, 몇 주 전에 갑자기 『잃어버린 시간을 찾아서』가 읽고 싶어서." 그 웃음은 이제 전처럼 느껴지지 않았다. "그래서 자주 가던 그 도서관에서 1권을 빌렸는데, 1권의 맨 뒷장에 남편의 유서가 적혀 있었어요. 할 말이 많았나 봐요. 내용이 이어지는 것 같더라고요."

가만히 책을 들여다보던 그녀가 나를 향해 고개를 들었다.

"아직 책을 다 읽지 않았다고 했죠?"

그렇다고 답하자, 그녀는 한숨을 쉬듯 헛웃음을 흘렸다.

"다행이네요." 책을 들어 보이며 그녀가 말했다. "아마 여기에, 유서의 이어진 내용이 있을 거예요. 당장 확인하고 싶었지만,"

"내가 2권을 빌려간 상태였죠." 나는 겨우 입을 뗐다. "그것도 장기 대출로."

"장기 대출로." 툭 목을 까딱이며 그녀가 말했다. "그래서, 이렇게 할 수밖에 없었어요."

길고 두텁게 적막이 내려앉았다.

"이상하죠?" 그녀는 슬쩍 허공을 바라보다가, "그냥 평범한 방법으로 글을 남기면 되는 거였는데, 남들이 볼 수 있는 책에, 왜 이렇게." 나를 돌아봤다. "이상하죠?"

잠시 고민한 후, 나는 고개를 저었다.

"그렇지 않아요." 책을 가리키며, "누가 『잃어버린 시간을 찾아서』를 빌리겠어요. 설사 빌린다 해도, 끝까지 읽는 사람은 몇 안 될 거예요." 나는 말했다. "직접 글을 전하는 건 정말로 어려운 일이라 하지 못했지만, 이렇게라도 당신에게 전하고 싶은 말이 있었을 거예요." 확신을 담아 신중하게, "그래서 이렇게 한 거예요." 말을 맺었다.

가만히 나를 보던 그녀가 눈을 감았다, 떴다. 갑자기 생각난 듯, 그녀는 자신의 가방을 뒤졌다. 생각했던 대로 내가 빌린 것과 같은 책이 모습을 드러냈다. 가방에서 꺼낸 책을 건네며 그녀가 말했다.

"1권은 이미 새 책으로 바꿔놓았어요. 분실했다고 말하면, 별다른 불이익은 없어요."

나는 아무런 편지도 적히지 않은 『잃어버린 시간을 찾아서』의 2권을 받아들었다. 확인을 받는 것처럼 그녀는 편지가 적힌 책을 내게 보였다.

"가져가도 될까요?"

"물론입니다."

짧게 고개를 숙인 후 그녀는 애써 찾아낸 2권을 자신의 토트백에 넣었다. 가방을 들고 집을 나설 때, 다시 한 번 내게 인사하고 그녀는 밖으로 나갔다.

불현듯 잊고 있던 물음이 떠올랐다. 나는 서둘러 그녀를 따라 나갔다. 한 층 아래 계단을 내려가고 있던 그녀를 불렀다.

"잠깐만요."

그녀가 나를 올려다봤다. 이 바보 같은 질문을 정말로 해야 하나 잠깐 고민했지만, 언제나 그렇듯 호기심이 다시 한 번 이기고 말았다.

"그 책 빌려간 게 나라는 건 정말로 어떻게 알았어요?"

그녀가 소리를 내어 깔깔거렸다. 그것은 무척 듣기 좋은 웃음소리였다.

"당신이 책을 찾는 요령하고 비슷해요." 한껏 웃는 얼굴로 그녀가 말했다. "공을 들여, 열심히 찾아다녔어요."

"매거크 소년 탐정단처럼?" 얼이 빠진 채로 나는 중얼거렸다.

"매거크 소년 탐정단처럼." 손을 들어 인사한 후, 그녀는 다시 계단을 내려갔다.

결국 장기 대출 기간이 끝날 때까지 나는 『잃어버린 시간을 찾아서』의 2권을 읽지 못했다. 직원에게 책을 분실해서 새것을 사왔다고 말하고 그녀에게서 받은 새 책을 반납했다. 특별한 불이익은 없었다. 내가 반납한 새로운 2권은 아무런 문제없이 다른 책들과 어울렸다.

여전히 그 도서관에 다닌다. 작은 도서관이기에 필요한 책을 찾으려 서가를 헤매다보면 간혹 『잃어버린 시간을 찾아서』가 나란히 꽂힌 곳을 지나칠 때가 있다. 그곳을 지날 때면 슬쩍 책들을 눈으로 훑는다. 약속이라도 한 것처럼, 그 책은 매번 그 자리에 꽂혀 있다. 서글플 만큼 아무도 그 책은 빌려가지 않는다.

그 후로 그녀를 다시 만난 적은 없었다.

다만 농담이 하나 더 떠올랐을 뿐이다.

도서관에서 영원히 알 수 없는 것은?

아무도 빌려가지 않는 책의 맨 마지막 장에 적힌 편지. 커다란 책의 마지막 페이지를 가득 채우고도 모자라 그다음 권까지 이어 쓴, 유서인지 인사인지 알 수는 없지만, 누군가에게는 무척 아프고 소중한 글들. 이제 정말로 내가 읽고 싶은 것은 『잃어버린 시간을 찾아서』가 아니라 그 뒤에 적힌 편지다. 결코 그것을 읽을 수 없고, 읽을 수 있다 해도 읽어선 안 된다는 것을 잘 알고 있기에 더더욱, 그 내용은 절박하다. 그런 일을 생각할 때마다 나는 그녀를 떠올린다. 아무 것도 모르는 나조차 이렇게나 그 마지막 장을 보고 싶은데, 책을 찾아다니던 그녀의 마음은 어땠을지 나는 도무지 알 수 없다.
 그럼 그보다 더 알 수 없는 것은?

 대체 나를 어떻게 찾아낸 거야?

시린 발

이유

2010년 『세계일보』 신춘문예로 등단했다.
소설집 『커트』, 장편소설 『소각의 여왕』 등이 있다.

내가 들어선 곳은 2인 병실이었다. 창가에 가로로 놓인 두 개의 침대 중 오른쪽은 비어 있었다. 왼쪽 침대에 여자아이가 누워 있었다. 큰 수액 주머니 한 개와 작고 투명한 항생제 주머니 두 개가 아이와 연결되어 있었다. 목에 깁스를 하고 허리에 플라스틱으로 된 넓은 띠를 둘렀다. 상당히 불편할 것 같은데 잠든 모습은 평온해 보였다.

 열일곱이 참 어린 나이구나, 생각하며 고개를 들었다. 언제 들어섰는지 한 손에 보온병을 든 중년 여자가 나를 보고 있었다. 인상은 평범했다. 왜 그런 사람들 있잖아, 라고 나는 사미에게 말했다. 존재감 없이 밋밋한 사람. 남한테 싫은 소리 못 해서 손해만 볼 것 같은 사람. 다시 떠올려보니 내가 본 첫인상과는 다른 사람이었는지도 모르겠다는 생각이 들었다.

그 여자가 아이 엄마였다는 거지? 사미가 물었다.

그때까지는.

그건 또 무슨 소리야?

그러니까 지금 말하고 있잖아. 끝까지 들어봐. 나는 갑자기 초조해졌다. 불과 두어 시간 전 일인데도 내가 본 걸 제대로 설명할 수 있을지 자신이 없었다.

내 눈에 먼저 뜨인 건 그녀보다 그녀의 발이었다. 슬리퍼 위로 올라온 발가락 마디마디가 빨갛게 붓고 발등이 부풀어 오른 게 꼭 동상에 걸린 것 같았다. 아무리 경황이 없대도 그렇지……. 내 발이 다 시려왔다. 약을 먹든지, 하다못해 지하 매점에서 수면양말이라도 사 신든지 해야 할 것 같았다. 그러나 첫 대면에 할 말은 아니었다.

아이가 정말 좋아진 것 같다고, 다행이라고 나는 말했다. 아이 엄마는 미소를 짓더니 오늘 아침부터 미음을 먹기 시작했다고 했다. 아직 안 되는데, 이렇게까지 좋아하면 안 되는 건데, 하는 얼굴로 어설프게 웃어 보였다. 우는 것처럼 보이기도 했는데 진짜 우는 건지도 몰랐다. 너무 기쁘면 사람은 그러기도 하니까. 마음고생 께나 했겠구나 싶으면서도 나 역시 기뻤다. 내가 기막히게 때를 잘 맞춰 간 건 분명했으니까.

돈을 받을 수 있겠다 싶었겠네?

크게 기대한 건 아니지만, 나는 말끝을 흐린 채 할 말을 찾았다. 마땅한 말이 떠오르지 않았다. 운전자가 즉사하는 바람에 받지 못한 견인비가 아니라면 굳이 거기까지 찾아갈 생각은 하지 않았을 것이다. 사고 후 줄곧 악몽에 시달려온 것과는 별개로 말이다. 나는 고개를 끄덕였다. 맞아.

근데 어디서 오셨다고 했죠?

아이 엄마는 내가 이미 신분을 밝혔는데 정신이 없어 제대로 듣지 못했다는 듯 예의 바르게 물어왔다.

아이가 호흡기를 뗐다고 하길래. 그날, 나는 그날을 강조해 말했다. 이 병원 응급실로 데려온 것도 저라서요.

구급대원이세요?

나는 어디까지 말해야 할지 고민했다. 돈을 받으려면 사고 뒤 차를 견인한 이야기를 해야 했다. 견인하던 차 안에 그녀의 딸이 방치되어 있었다는 사실까지. 결코 떠올리고 싶지도, 믿고 싶지도 않은 그날의 모든 일들은 새벽의 교통사고로부터 시작됐다.

폭탄이 터지는 줄 알았다니까.

내게 콜을 준 택시 기사는 말했다.

도심 외곽에 있는 한 원형 로터리를 돈 에스유브이가 첫 번째 사차선 도로로 진입하고 있었다. 졸음운전을 했는지 차는 충분히 감속하지 않은 채 코너를 돌았고 미끄러지면서 가로등을 박았다. 측면으로 충돌하는 바람에 차체가 반으로 접히면서 가로등을 그대로 감아버렸다. 그게 끝이 아니었다. 반대편에서 직진하던 화물 트럭이 와서 충돌했다. 에스유브이는 공중제비 돌듯 두 바퀴를 회전해 반대편 차선으로 날아가 내리꽂혔다. 어떤 사건 현장보다 처참했다는 걸, 나는 그녀가 알아줬으면 했다. 생존자가 있으리라고는 누구도 생각지 못했다는 걸. 그러나 내 이야기는 잠시 미뤄둬야만 했다. 반쯤 열린 병실 문을 밀며 들어서는 사람들이 있었다.

두꺼운 검정 패딩을 쌍으로 입은, 곱슬머리 남자와 붉게 염색한 단발의 여자였다. 여자는 내 또래로 보였다. 병실에 들어서며 오빠라고 부른 남자는 그녀보다 앳돼 보였다. 찬바람을 잔뜩 안고 둘은 병실 중간에 서 있었다. 아이 엄마가 다가가 어떻게 오셨냐고 물었다. 여자가 쓰고 있던 마스크를 턱 아래로 내리고 작은 소리로 뭐라고 말했다. 아이 엄마가 언뜻 알아듣지 못하자 함께 사고 당한 아이 엄마라고 조금 큰 목소리로 설명했다. 붉은 단발머리 위에 하얀 핀이 그때서야 내 눈에, 그리고 아이 엄마의 눈에 들어왔다.

사고 차에 탔던 아이가 또 있었던 거야?
응.
근데 생존자는 이 아이뿐이었다는 거지? 사미가 확

인하듯 물었다.

나는 고개를 끄덕였다.

난감했겠다.

난감했지.

차에는 전부 몇 명이 타고 있었다고 했지?

여자아이 둘, 삼십대 남자 운전자 하나. 여자아이들은 열다섯 살, 열일곱 살.

묘한 조합이다. 사미가 말했다. 새벽에 그런 조합으로 어딜 가고 있었던 거야? 부모들은 알고 있었던 거야?

둘 다 가출을 한 상태더라고.

나는 말했다.

죽은 아이는 3년이 넘었고, 입원실에 있던 아이도 수개월은 됐고.

누가 열일곱인데? 죽은 아이가?

죽은 아이는 열다섯 살.

그럼 열두 살 때 집을 나갔다는 거네. 사미가 제법 불러온 배를 가리듯 카디건을 여미며 중얼거렸다. 어떤 일을 겪었을까, 그 어린 나이에.

사미만 품은 의문은 아니었다. 나만 품은 것도 아닐 것이다. 십대 여자아이들이 가출해서 처할 수 있는 가장 나쁜 상황을 부모들 역시 떠올렸을 것이다. 이 일로 부딪힌 형사와 경찰, 의사와 간호사들의 시선이 편치만은 않았을 것이다. 그러나 더 자세한 경찰 조사는 이루어지지 않았다. 어차피 한 명은 죽었고, 한 명은 살아서 부모 품에 돌아왔으니까, 그걸로 됐다 묻어두자 했을 것이다.

역시 아이 엄마의 표정은 좋지 않았다. 아이가 사고 당시나 혹은 이전의 기억을 떠올리는 게 회복에 도움이 될 리 없었다. 하지만 어쩌겠는가. 저쪽은 딸아이를 땅에 묻고 왔다는데.

아이들이 앉은 자리만 바뀌었어도 처지가 바뀌었을지 모를 두 여자가 나란히 침대 머리맡에 섰다. 한 걸음 떨어져 곱슬머리 남자가 섰고 내가 그 뒤에 있었다. 내가 서 있는 곳에서도 아이가 눈을 뜨고 있는 걸 볼 수 있었다. 이제 막 깬 건 아닌 것 같고 두런거리는 소리에 진작부터 깨어 있었던 듯했다.

일어났어?

아이 엄마가 당황한 듯 물었다. 아이는 아무 반응도 보이지 않았다. 무얼 보고 있는 것도, 보고 있지 않은 것도 아닌 텅 빈 눈을 하고 있었다. 느리게 떨어지는 수액 속도보다 더 느리게 눈꺼풀이 깜빡거렸다.

애, 왜 이래요? 하얀 핀 여자가 물었다.

말을 알아듣기는 하는데 입은 열지 않아요. 아이 엄마가 목소리를 낮춰 설명했다. 사고 후유증인 것 같다고, 의사 말이.

죽을 고비를 넘겨서인지 아이 엄마는 담담해 보였다.

그러나 하얀 핀은 충격을 받은 듯 얼어붙었다. 잠시 후 그녀는 머리를 갸우뚱했는데 단순히 아이 상태를 걱정하는 건 아니라는 생각이 들었다. 썩 좋은 느낌은 아니었다.

지금 이런 말, 하며 그녀가 아이 엄마를 봤다. 어떻게 들릴지 모르겠는데……, 라며 그녀는 뜸을 들였다. 그녀는 밝히기 부끄럽다는 듯, 자신도 믿기지 않는다는 듯 설핏 웃더니 말했다.

애 내 딸인 거 같아요.

함께 온 남자를 돌아보며 결심한 듯 분명한 목소리로 말했다. 오빠, 내 딸이야.

뭐? 사미는 듣고도 믿기지 않는다는 듯 인상을 썼다.

아이 엄마가 보인 반응도 그랬다. 무슨 말을 듣긴 했는데 뜻을 이해하지 못한 사람 같았다. 나는 물론이고 그녀와 함께 온 남자까지 말을 잇지 못한 채 서 있었다.

곰곰이 생각을 하는 것 같더니 사미가 입을 뗐다.

근데, 같이 온 남자가 아이 아빠는 아니었나 봐?

나는 그 자리에 있는 걸 나만큼이나 곤욕스러워 하던 남자를 떠올리며 고개를 끄덕였다. 도무지 믿기지 않는 상황이긴 해도 제 딸이었다면 못 알아볼 리 없었다. 그 반대였다고 해도 마찬가지였을 것이다. 아무래도 상황은 쉽게 정리될 것처럼 보이지 않았다. 그랬다. 그녀

시린 발

를 말릴 사람이 아무도 없었다.

　다들 안 믿어지죠?

　하얀 핀이 태연히 웃었다. 나도 안 믿어지긴 하는데 내 딸 맞아요. 그치? 하고 아이 쪽을 돌아봤다. 고개라도 끄덕여주길 기대하는지 어떤 이름을 친숙하게 불렀다. 죽었다는 열다섯 살 딸의 이름이었을 것이다.

　아이가 그 이름을 듣고 무슨 생각을 했을까. 만약 그 이름의 주인을 알고 있었다면. 그러나 아이는 아무런 반응도 보이지 않았다. 반응할 수 없는 건지, 반응하지 않는 건지는 알 수 없었다. 반대로 아이 엄마는 몸 전체가 빳빳하게 굳었다. 사람이 너무 화가 나면 그러기도 한다는 걸 나는 알고 있었다. 반응 없는 아이의 어깨를 하얀 핀이 잡았다. 아이가 움찔하는 게 느껴졌다. 아이 엄마가 재빨리 커튼을 쳤다.

　그만 가주세요. 경찰 부르기 전에.

　아이 엄마는 그녀가 아니라 함께 온 남자를 향해 단호하게 말했다.

　그게 좋겠네요.

　하얀 핀은 한술 더 떴다. 불러요, 경찰. 오빠, 담당 형사 번호 있지?

　일이 커지겠다 싶었는지 남자는 나가서 얘기하자며 하얀 핀을 병실 밖으로 데리고 나가려고 했다.

　내가 가출한 딸년이 있다고 했잖아.

그녀가 답답하다는 듯 목소리를 높였고 남자의 목소리도 따라서 높아졌다. 했지. 장례식도 치러줬잖아. 발인도 하고. 바로 어제.

그러니까 미치겠지, 하고 하얀 핀은 소리쳤다. 근데 여기 있잖아. 내 눈앞에.

그녀는 손바닥으로 흐르는 눈물을 슥슥 닦아내더니 자신의 휴대폰에서 통화 목록을 살폈다. 떨리는 손으로 몇 개의 버튼을 눌렀다. 경찰서죠? 그녀는 휴대폰에 대고 다급하게 말했다. 죽은 딸이 병원에 있다고요. 살아 있다니까요. 빨리 오세요, 빨리요.

저쪽에서 뭐라고 했는지 그녀의 얼굴이 굳어졌다. 당신들이 죽었다고 한 내 딸이 여기 있다니까, 어쩔 거냐고, 이성을 잃은 듯 고함치기 시작하자 남자가 휴대폰을 빼앗아 들었다. 남자는 연신 네, 네, 아 네, 하며 고개까지 숙였다. 남자가 어떻게든 해줄 거라고 믿었는지 그녀는 통화가 끝날 때까지 기다렸다 물었다.

온대?

남자는 고개를 저었다.

담당자가 자리에 없대. 그런 일은 있을 수도 없대. 그래도 알아봐줄 테니까 일단 돌아가 있으래.

그녀는 이대로 갈 수 없다고 했다. 순간 남자의 얼굴이 무섭게 변했다. 씨발, 좆같네.

아이 엄마는 어떻게 좀 해보라는 듯 나를 봤다. 하얀

편의 시선도 내게 향했다.

당신은 뭐야? 저 여자 남편이야?

왜 지금까지 침묵했는지 내게 묻는 얼굴이었다. 남자 역시 이 상황을 어떻게든 해결하지 않을까 하는 기대를 품은 듯 나를 바라봤다.

그래서 뭐라고 했어?

사미가 호기심 어린 눈을 반짝였다.

재밌니, 너는?

나도 모르게 목소리가 높아졌다. 사미에게 화낼 일이 아니라는 건 알았다. 나는 바로 풀죽은 목소리로 대꾸했다. 뭐라고 했겠어, 사실대로 말했지.

그날 사고차를 끌었던 견인차 기사라고 하자 예상대로 모두의 시선이 내게 쏠렸다. 그중 아이 엄마의 시선이 가장 따가웠다. 나는 그녀를 바라보며 변명하듯 말했다.

아까도 말했다시피 제가 아이를 응급실로 데려왔거든요. 조금만 늦게 유턴을 했어도 아이가 어떻게 됐을지 모르는 거라…….

유턴이오? 아이 엄마가 내 말을 잘랐다. 지금 유턴이라고 했어요? 설마 아이가 있는 줄도 모르고 차를 견인했다는 거예요? 아이 엄마는 애써 누르고 있던 화를 내게 쏟아내듯 격분해 말했다.

일이 좀 그렇게 됐습니다.

내가 일착이었다. 딱 거기까지만 좋았다. 먼저 도착한 경찰은 손을 놓고 구급대만 기다렸고 곧이어 온 구급대도 마찬가지였다. 뒤집힌 차량 주위를 왔다 갔다 하면서 상황 보고만 했다. 보다 못한 사람들이 차체를 들어 올리자 구급대원들은 그제야 운전석과 보조석에서 피투성이가 된 부상자들을 끌어냈다. 다들 허깨비 같았다. 뭐 하나 제대로 돌아가는 게 없었다. 견인을 하고 가다 첫 정지 신호에 섰을 때 뒷골이 당겼던 것과 차를 고리에서 빼내고 앞 좌석과 뒷좌석 사이 안쪽으로 팔을 깊숙이 넣었던 기억이 두서없이 떠올랐다. 그리고 날 얼어붙게 만들었던, 아직까지 환청에 시달리게 하는 그 희미하지만 절박한 신음소리. 고리를 걸고 차에 올랐다. 미친 듯이 달렸다. 겁이 났다. 응급실에 닿기 전에 아이가 죽을 것만 같았다.

난폭 운전으로 2주간 운행 정지를 당한 것도 그래서였다. 하필 병원 앞에서 단속에 걸렸다.

그때 바뀐 거네.

하얀 핀이 불쑥 끼어들었다. 아이 엄마와 남자의 시선이 내게서 그녀에게로 옮아갔다.

현장에서 발견된 부상자는 운전자를 제외하고 한 명뿐이었다는 거잖아? 경찰은 지갑이든 휴대폰이든, 처음 눈에 띈 소지품으로 아이 신원을 알아낸 거고. 더 자세히 알아보지도 않았겠지. 왜? 여자애가 한 명이라고 생각했을 테니까.

내내 나를 불편하게 했던 의구심이 그녀의 입을 통해 밖으로 나왔다. 다 죽어가던 하얀 편의 얼굴이 살아났다. 아이 엄마는 말도 안 된다는 듯 하얀 편을 봤지만 그 시점에서 상황이 완전히 달라진 게 아니었을까 싶다. 그때는 신경을 미처 쓰지 못해 몰랐지만 아이 엄마의 얼굴에 순간 그늘이 졌고 점차 시간이 지나면서 그 늘은 그녀를 장악했던 것 같다.

사미는 미간을 찌푸렸다. 진짜 아이가 바뀐 거야?
글쎄, 하고 나는 애매하게 대꾸했다. 모르겠어.
왜 몰라?
유전자 검사를 하자고 했거든.
누가?
아이 엄마가.
내 대답에 사미는 잠시 당황하는 것 같더니 대꾸했다. 그럼 아이 엄마가 진짜 아이 엄마 맞는 거네.
그렇게 생각해?
자기 딸이 확실하니까 검사를 하자고 한 거 아니야?
사미가 빤히 내 얼굴을 봤다.
그래서 검사는 했어?
나는 고개를 저었다.

아니, 그게…… 사람들이 가버렸거든.

사미는 나를 빤히 봤다. 그리고는 고개를 끄덕였다. 역시 그 여자가 제정신이 아니었던 거네. 사미는 가만히 말했다.

나라도 그랬을 것 같아. 자식이 죽었다는데, 같이 있던 애는 멀쩡하게 살고. 그걸 보고 순간 정신을 놓았던 거네.

나는 한동안 침묵했다. 나 역시 그렇게 생각했다. 그러나 단순히 내가 본 그대로를 믿는 게 맞는 걸까. 눈앞에서 보고도 놓친 무언가가 있는 건 아닐까.

왜, 대체 맘에 걸리는게 뭔데? 사미가 답답하다는 듯 물었다. 나는 하얀 핀의 시선이 닿을 때마다 아이의 눈빛이 미세하게 떨렸던 게 잊히지 않았다.

유전자 검사를 하자는 말에 나갔던 정신이 갑자기 돌아와? 그럴 수가 있을까?

내 말에 사미는 아무런 반박도 하지 않았다.

그렇긴 하지. 이상해.

거봐, 이상하잖아.

이상했다. 뭐가 이상한지 모르게 다. 그대로 가버린 하얀 핀도, 아이도, 아이 엄마도.

나는 기억 속 장면을 되돌려, 그들이 했던 말을 하나하나 떠올려보았다. 그러자 어떤 장면이 머릿속에 선명하게 떠올랐다. 하얀 핀이 아이가 바뀌었다고 확신했을 때였다. 오빠라는 남자에게 다시 담당 형사에게 전화를 해보라고 했고, 이번에는 남자도 이의를 달지 않았다.

기세등등해진 하얀 편이 아이 엄마를 바라봤다. 어떤 생각이 떠오른 얼굴이었지만 자신이 떠올린 생각을 스스로도 감당하기 어렵다는 듯 표정이 어두워졌다.

근데 당신은 어떻게 자기 딸이 아닌지 몰라? 혹시 알고도 여태 내 딸을 붙잡고 있었던 거야?

나는 아이 엄마의 눈빛이 흔들리는 걸 그때 처음 봤다. 그녀에게 어떤 심경의 변화가 있었는지 몰라도 몹시 위태롭게 보였다. 그 상태가 오래가지는 않았다. 커튼을 칠 때 단호했던 아이 엄마로 돌아왔다. 허리를 곧추세우고 또렷한 목소리로 말했다.

유전자 검사를 하죠.

누군도 예상치 못한 선언이었다. 담당 형사와 통화하기 위해 한구석에 서 있던 남자도 뺨에서 휴대폰을 뗐다. 그때 정적을 뚫는 아이의 목소리가 커튼 뒤에서 들려왔다. 엄마를 부를 때 아이들 목소리는 모두 같다. 아니 나이를 먹어도 똑같다. 암으로 죽어가던 내 모친이 통증이 찾아올 때마다 불렀던 엄마도 그랬다. 다급하거나 짜증이 섞이거나 울음 섞인 목소리일 때도 있지만 매번 언제나 절박했다.

어떤 엄마를 부른 건데? 사미가 물었다.

그걸 알려고 커튼을 젖혔지. 저쪽 엄마가.

누구? 하얀 핀?

그보다 더 중요한 건 내내 닫혀 있던 아이의 말문이 트였다는 게 아닐까.

아이 엄마가 보인 태도에는 어딘가 납득이 가지 않는 부분이 있었다. 당황한 듯, 아니 겁을 먹은 듯 침대에서 한발 물러섰다. 대신 하얀 핀이 재빨리 아이에게 다가섰다. 아이의 시선이 향한 건 자신의 곁을 지켜준 엄마였다. 아이가 팔을 뻗어 그녀의 손을 잡았다. 순간 세 사람 사이에는 숨도 함부로 쉬면 안 될 것 같은 긴장감이 감돌았다.

저쪽 엄마는? 보고만 있지 않았을 거 같은데. 사미는 확신하듯 말했다.

아니, 보고만 있던 걸.

차갑고 싸늘한 얼굴을 하고 아이를 바라보기만 했다. 깁스를 뚫어버릴 수도 있겠다 싶었다. 그 자리에서 무슨 일이 벌어지고 말겠다 했던 내 예상 역시 보기 좋게 빗나갔다. 하얀 핀은 돌아섰다. 뒤 한번 돌아보지 않고 떠났다. 남자가 서둘러 따라 나갔다.

사미와 나는 잠시 말이 없었다. 코드가 뽑힌 밥통처럼 서로를 바라보고만 있었다.

나 역시 한때 가출을 했다. 꽤 여러 번. 상습적으로. 사미와 내가 처음 만난 것도 집을 나왔을 때였다.

집 생각이 나는 건 집을 나오고 줄곧이다. 매 순간 간절하게 집이 그립다. 집은, 그래서 나온다.

가출이 잦아지면서 내 부모도 나를 찾지 않았다. 집에 가도 내가 있을 곳은 없었다. 내가 잘 방도, 내 끼니를 챙겨줄 여력도 그들에게는 없었다. 나는 병실을 나서기 직전 차갑고 싸늘하던 하얀 편의 눈에 물기가 고였던 걸 씁쓸하게 떠올렸다.

사미도 나도 알고 있다. 자식이 먼저 부모를 포기하는 법은 없다. 부모가 먼저 자식을 포기한다. 단지 자신이 먼저 손을 놓아버렸다는 걸 깨닫지 못할 뿐.

진짜 아이가 바뀐 거라면, 하고 사미가 조심스럽게 입을 열었다.

자기 딸인지 아닌지 모를 정도로 아이 부상이 심했던 걸까?

사건 현장이 처참했으니까 처음에는 몰랐을 수도 있지. 경찰이 자기 딸이라는데 아니라고 의심부터 하지는 않을 거 아냐. 살리고 볼 생각부터 했겠지.

그럼 그다음에는? 입원실로 옮겨서는 호흡기를 뗐다며?

그걸 내가 어떻게 알아?

나도 모르게 인상을 썼다. 그 부분은 나 역시 깊이 생각하고 싶지 않았다. 아니 생각하기 두려웠는지 모르겠다. 내게서 시선을 거두어간 사미는 스스로 납득하려는 듯 말했다. 하긴, 정말 자기 딸이라고 믿었으니까 유전자 검사를 하자고 했겠지?

그때 나를 스쳐가는 생각이 있었다. 유전자 검사를 하자고 한 게 확신이 있어서 한 말이 아닐 수도 있지 않을까?

그럼 왜 그런 말을 했다는 거야? 사미는 겁먹은 듯 물었다.

아이가 커튼 뒤에서 다 듣고 있었을 거 아냐.

그랬겠지……. 사미는 움찔했다.

아이에게 자신이 추호도 의심하지 않았다는 걸 알려주려고 그랬다면?

그래서, 아이가 엄마를……. 사미는 말을 잇지 못한 채 부른 배를 받치듯 양손을 배 아래에서 깍지 꼈다.

근데 맞겠지? 사미가 한참 침묵하다 입을 열었다.

뭐가?

아이가 엄마라고 했으니까, 그 사람이 엄마인 게.

맞겠지.

동창 중에 검사가 된 녀석이 있다. 내가 아는 친구 중에 가장 잘된 놈이다. 어릴 땐 별 볼 일이 없었다고 기억했기에 놀랐다. 대체 무슨 일이 있었는지 다들 궁금해했다. 돈 많은 양부모를 만났거나 아니면 일찌감치 뒷바라지해준 헌신적인 여자를 만났거나, 뭐 그런 스토리를 예상했다. 그러나 녀석에게 찾아온 운이라는 건 그리 대단한 게 아니었다. 어떤 사람들이 생각하기에는.

 알코올 중독에 빠진 엄마가 외할머니에게 이 친구를 떠넘기고 소식을 끊었다. 외할머니 역시 가난했고 거동마저 불편했지만 친구를 때리거나 갑자기 낯선 남자가 쳐들어와 집을 난장판으로 만들거나 학교에서 돌아왔을 때 집이 이사하고 없거나 하는 일은 없었다. 그 정도만 돼도 숨통이 트였을 것이다. 그때 녀석은 알았던 것이다. 인생에서 자신에게도 기회가 왔다는 걸. 그 기회를 절대 놓쳐서는 안 된다는 걸.

 병실은 어두웠다. 내가 들어설 때보다 더 어두워져 있었다. 창을 등지고 있어 아이 엄마의 얼굴은 검게 보였다. 창밖으로 공장의 거대한 굴뚝에서 연기가 무서운 속도로 올라와 하늘로 솟구치고 있었다. 그 끊임없는 움직임이 오히려 시간을 정지시키고 있는 것 같은 착각을 들게 했다.
 괜찮으십니까?
 나는 물었다.
 뭐가요?
 아이 엄마는 놀랍도록 차분했다.
 그냥, 다요.
 그녀는 그때까지 꼭 잡고 있던 아이의 손을 조심스럽게 놓았다. 몸을 낮추고 속삭이듯 말했다.

이 아저씨 배웅하고 올게.

아이는 미약하게나마 고개를 끄덕였다. 내가 돌아서는 순간 아이가 깊게 숨을 내쉬었다. 살려달라고 절박한 신음 소리를 내던 아이. 내 악몽 속 주인공은 이제 겨우 제대로 된 첫 호흡을 하는 것처럼 보였다.

우리는 복도로 나왔다. 혓바닥이 까끌까끌했다. 내 앞에서 벌어진 일에 대한 의미를 그때의 나는 알지 못했다. 예기치 못한 돌풍이 이제 막 지나갔구나, 그런 느낌만 있었다.

현금이 이게 다네요.

그녀가 들고 나온 지갑에서 돈뭉치를 꺼내 건네주었다. 고맙다는 말을 하려는데 그녀가 먼저 고맙다고 했다. 아이를 너무 늦지 않게 발견해줘서 고맙다고.

나는 알 수 없는 감정에 사로잡혀 그만 울컥했다. 나는 바닥으로 시선을 떨구었고 놀라 물었다.

아프지 않으세요?

그녀의 발은 처음보다 더 심하게 부어 있었다. 검게 변해 있었다. 그녀는 발가락 끝마다 얼음이 매달려 있는 것 같다고 했다. 시려요, 라고 순간 격해진 목소리로 말했다. 시려서 미치겠어요.

어느 해보다 지독하게 춥고 힘든 겨울이었다. 그녀에게 병원은 세상 어떤 장소보다 추운 곳이었던 모양이다. 그녀의 눈빛에는 그간의 고통이 스며 있었다. 제대로 먹지도 자지도 못했겠지. 나는 그녀가 혼자 견디고 감당했을 시간들을 짐작해봤다. 나로서는 상상도 할 수 없는 것이었다. 그것이 무엇이건 간에.

환자복을 입은 남자가 우리 사이를 지나갔다. 그 짧고 어색한 순간이 지나자 물기가 완전히 사라진 얼굴로 그녀는 더 볼일이 있냐고 내게 물었다.

그래서? 사미는 뭔가 더 있기를 바라듯 나를 봤다.

아이 엄마는 서둘러 병실로 돌아갔어. 나는 말했다. 나는 말하지 않았다. 아이 엄마의 시린 두 발은 그녀를 따라가지 않았다는 걸. 지금에서야 나는 깨닫는다. 그녀의 두 발은 또 다른 아이가 묻혀 있는 차가운 땅속에 있었으며 언제까지나 그곳에 있으리라는 걸.

시린 발

메추리섬의 비닐

임국영

2017년 창비신인소설상을 수상하며 등단했다.

메추리섬 파출소 소속 경사 구호진은 장갑용의 집으로 향했다. 갑용은 호진과 어릴 적부터 막역한 사이로 기별 없이 대문을 열어젖혀도 기분 나쁘게 여기지 않는 친구였다. 절루 꺼져 이 개새꺄! 호진은 대문 밖에서 떠돌이 개 무리를 물리치던 갑용을 발견했다. 크고 작은 개 다섯 마리가 거리를 두고 갑용을 향해 짖었다. 멀리 묶여 있는 온 동네 개들이 따라 짖는 바람에 주변이 어수선했다. 호진은 혀를 찼다. 갑용은 호진을 흘끔 쳐다본 뒤 대문 안으로 들어갔고 호진은 그 뒤를 따랐다.

　갑용은 마루에 차려놓은 단출한 밥상 앞에 앉았다. 밭일 안 해? 갑용은 대꾸도 없이 잔술을 한입에 털어 넣었다. 하니까 마시지. 계란 노른자를 숟가락으로 터트리며 갑용이 한 말이었다. 그 뒤로 별다른 대화는 오가지 않았다. 대청에는 개 짖는 소리와 갑용이 식사를 하며 내는 수선거림만이 들렸다. 잠자코 앉아 있던 호진이 별안간 한숨을 쉬었다. 갑용은 들은 체도 않았고 호진은 연달아 바람 빠지는 듯한 소리를 냈다. 빠르게 식사를 마친 갑용은 소주로 입을 헹궜다. 벽두부터 언어터질라구 찾아왔냐? 그게 아니라, 앞뒤가 안 맞는다니까. 사람을 죽여놓고 지네 비닐하우스에다 넣어두는 사람이 어딨냐? 갑용은 상보로 밥상을 덮었다.

두 사람은 담배를 피웠다. 호진은 흥분이 좀처럼 가라앉지 않았다. 겪어본 바 없는 미스터리한 사건이었다. 홧김에 제초제를 삼키거나 술기운에서 비롯한 주먹다짐으로 죽은 동네 사람이 몇 있긴 했다. 메추리섬이 관광지로 개발되면서부터 늘어난 사건 사고 역시 대체로 인과가 명확했던 만큼 특별한 의문이 남는 경우는 없었다. 그러나 이번 건은 달랐다.

열흘 전, 박복녀가 죽었다. 사체를 처음 발견한 것은 범수였다. 범수는 재패니즈 스피츠와 믹스견 사이에서 태어난 강아지였다. 그날 아침 범수는 농기구 창고로 사용되는 비닐하우스를 향해 꼬리를 흔들며 악을 썼다. 범수의 주인 최봉기는 숙취로 깨질 것 같은 머리를 매만지며 발등으로 범수를 밀어낸 뒤 비닐하우스 문을 잡았다. 어쩐 일인지 잘 열리지 않아 확인해보니 문틀 안쪽으로 문짝이 단단히 박혀 있었다. 문을 비틀어 비닐하우스를 연 봉기는 그 안에서 죽은 복녀를 발견하고 집으로 돌아가 언젠가 먹다 남겨둔 소주 반병을 단번에 들이켰다. 그러나 정신을 놓아버리기에는 알코올이 약간 부족했기 때문에 새로 술을 꺼내 반병을 더 마셨다. 잠시 후 아침을 차리려고 일어난 아내 조경미는 냉장고 앞에 봉기가 뻗어 있는 모습을 목격했다. 경미가 다가오자 봉기는 정신을 차리고 이 말 한마디를 남긴 뒤 다시 의식을 잃었다.

예에에미.

경미는 봉기를 가까스로 방에 눕히고 시끄럽게 짖어대는 범수를 살피러 밖으로 나섰다. 복녀의 사체와 마주한 경미는 비로소 남편의 말을 이해했다. 네 어머니가 죽었다. 경미는 봉기가 남긴 소주 반병을 들이켠 뒤 경찰에 신고했다.

사안이 범상치 않은지라 해당 사건에 관한 모든 책임과 권리는 메추리섬 파출소가 아닌 지방 경찰서가 맡았다. 지방 경찰서는 복녀의 죽음을 지병에 의한 사망으로 마무리 지으려 했다. 그러나 봉기가 복녀를 살해한 것이라는 경미의 주장 때문에 일이 복잡해졌다. 이 사실이 지방 언론을 통해 세간에 알려지는 바람에 경찰 당국은 사건 해결을 위해 심혈을 기울여 수사하는 시늉이라도 해야 하는 처지가 됐다. 호진은 수사 협조를 명분으로 사건 담당 형사에게서 대략적인 조사 현황을 알아냈다.

박복녀의 사위 최봉기(53세)는 사건 당일 오전 0시경 술에 취한 채 자택에 도착.
아내인 조경미(48세)에게 행패를 부리고 한 시간쯤 뒤 함께 잠자리에 듦.
오전 7시 30분 개 짖는 소리 때문에 잠에서 깸.
비닐하우스에서 숨진 박복녀(85세)를 발견.
십 분 뒤 박복녀의 죽음을 확인한 조경미가 경찰에 신고.
박복녀의 사망 추정 시각은 당일 오전 5시경.
사인은 돌연 심장사.
무릎이 조금 까져 있었고 옷에 흙이 묻어 있었음.
단, 죽음에 영향을 끼친 외상이라 판단되지 않음.
최봉기가 발견했을 당시 비닐하우스의 문짝이 문틀 안쪽으로 들어가 박혀 있었다고 함.
비닐하우스 바깥과 안쪽 문고리에서 박복녀의 지문 검출.
부엌에서 박복녀가 식사를 차려 먹은 정황이 있음.
최봉기를 피해 종종 이른 조식을 먹었다고 함.

담당 형사가 주목한 지점은 경미가 겪은 행패의 내용과 복녀가 봉기를 피했던 이유였다. 근래 봉기는 경미에게 잦은 폭행을 가했다. 장모인 복녀에 대한 불만 때문이었다. 최근 봉기와 복녀 사이에 상속과 관련된 알력이 있었다. 복녀의 남편이 고인이 된 지난겨울 재산이 분배되었다. 그중 5할이 복녀에게, 나머지 대부분이 경미의 세 오빠에게 넘어갔다. 이는 아내를 위한 안배였다. 생전에 봉기가 저지른 투자 실패와 도박으로 인한 빚을 대신 갚아줬던 복녀의 남편은 봉기를 못 미더워했다. 복녀가 노년을 안전하게 보낼 수 있도록 그는 복녀에게 막대한 재산을 쥐어줬다. 자식들이 복녀를 무시할 수 없게 하려는 조치이기도 했다. 호로새끼들. 덕 볼 거 떨어지면 뒤도 안 돌아볼 것들이여. 생전 그는 공공연하게 그렇게 말하고 다녔다고 한다.

반평생 처부모를 모시며 농사일을 도맡은 봉기는 이럴 수는 없다며 분개했다. 복녀는 자신이 죽고 나면 경미와 봉기에게 많은 몫을 넘길 것이라 말했으나 봉기는 믿지 않았다. 봉기는 장모인 복녀에게 상속에 관한 공증을 요구했다. 그 과정에서 험악한 분위기가 연출됐다. 복녀는 봉기를 피해 좀처럼 방에서 나오지 않았고 경미는 봉기에게 일상적으로 앙갚음을 당했다. 봉기에 대한 경미의 의심은 이러한 맥락에서 비롯한 것이었다.

호진은 경미가 주장했다는 사건 당시의 정황을 머릿

속에서 재구성해봤다.

　　밥상을 치우던 복녀, 물을 마시러 부엌에 들어선 봉기와 마주친다.
　　술기운에서 완전히 깨지 않은 봉기는 이성을 상실하고 복녀에게 그간의 불만을 쏟아낸다.
　　봉기 : 공증!
　　복녀 : 아이구메!
　　봉기의 겁박에 지병인 심장질환이 도진 복녀, 가슴을 부여잡고 쓰러진다.
　　고통을 호소하는 복녀를 보며 나쁜 마음이 든 봉기, 복녀를 내버려둔다.
　　복녀가 움직임을 멈추자 별안간 두려워진 봉기.
　　혼란에 빠져 급한 대로 복녀의 사체를 들어다가 비닐하우스에 숨긴다.

턱도 없는 소리. 할매가 급살을 맞았으면 본인 방에다 데려다놓으면 그만이잖냐. 움마, 노인네 주무시다 돌아가셨네, 호상이다 호상, 이러면 정리 끝이라고. 더 골때리는 건 비닐하우스 문짝 손잡이에 찍힌 할매 지문이지. 특히 안쪽 문고리를 세게 잡아당겼던 모양이라더라. 문짝이 틀에 꽉 낄 정도로 말이야. 안 이상하냐? 심장 아프면 걷기도 힘들단다. 이게 무슨 소리냐면, 할매가 멀쩡한 정신으로 걸어 들어가서 심장이 아플 때까지 기다렸다는 거야. 안쪽에서 문고리를 꼭 붙들고 말이야. 호진은 담배를 모기향 받침에 비벼 끄며 갑용의 반응을 살폈다. 갑용은 무표정하게 허공을 응시할 뿐 동요하는 기색이 없었다. 호진은 김샌 기분을 숨기기 힘들었다. 매사 심상하고 무뚝뚝한 인물인 것을 모르는 바는 아니었지만 해도 너무했다. 평생을 알고 지낸 동네 사람들에게 닥친 비극에 어쩜 이렇게 무심할 수 있는가! 호진은 오기가 발동했다.

경미 누나가 말을 바꿨단 얘긴 들었어? 봉기 형이 할매를 죽이려고 드니까 할매가 비닐하우스로 숨어들었다가 봉변을 당한 거라고 하대. 그 할매는 본인 방에 못 들어가는 병에라도 걸렸나? 그건 그렇다 치자고. 그럼 봉기 형은 사람 잡으려다 말고 돌아가서 곯아떨어졌나? 아니면 비닐하우스 앞에서 할매 심장병 도질 때까지 고사라도 지냈나? 문짝을 뜯든 비닐을 찢든 들어가서 일을 저질렀겠지. 안 그러나? 비닐하우스라는 게 사실상 문이 있으나 마나 한 거잖나. 들어갈 사람은 들어가고 나가고 싶은 사람은 나간단 말이야. 차라리 할매 스스로 비닐하우스에 들어가 언제 닥칠지 모를 죽음을 기다렸다는 쪽이 더 말이 되겠다. 호진은 말을 멈추고 늙은 짐승들의 습성을 떠올렸다. 아무도 없는 곳을 찾아 홀로 죽음을 맞이한다는 그런 동물들의 사례. 무리에게 폐를 끼치지 않기 위함이라는 말도 있다지만 호진은 다만 완벽한 혼자가 되어 평온을 찾으려는 자연스러운 본능일지도 모른다는 생각이 들었다. 아니지. 호진은 고개를 가로저었다. 이 사건은 그렇게 심오한 게 아니야.

  담배를 마저 피운 갑용은 대청 앞 봉당에서 가방식 분무기에 물을 채우기 시작했다. 호진은 엔진을 살피는 갑용을 지켜보다가 꺼내기 힘든 본심을 드러냈다. 용아. 경미 누나 이상하지 않냐. 호진은 맹목적으로 봉기를 범인으로 몰아가던 경미를 기억했다. 미친 사람처럼 눈을 뒤집고 침을 튀기던 경미가 호진은 탐탁지 않았다. 조만간 봉기는 증거 불충분으로 혐의에서 벗어나고 사건은 자연사로 종결될 예정이었다. 그러나 경미는 관계를 돌이킬 수 없을 만큼 봉기를 증오했다. 두 사람의 불행했던 결혼 생활이 끝을 맞이하게 될 듯했다. 그렇게 되면 경미는 봉기로부터 유산을 지킬 수 있었다. 이혼 소송에서 유리한 입장임에는 두말할 필요가 없었다. 복녀와의 갈등이 아니었더라도 그전부터 봉기는 경미에게 종종 손찌검을 했다. 경미는 몇 번인가 이혼 이야기를 꺼냈지만 부모님의 만류로 성사되지 못했다. 경미의 아버지는 집에 남은 마지막 일꾼을 잃을 수 없었고 어머니는, 그러니까 복녀는 딸에게 이혼녀라는 딱지가 붙는 것을 꺼렸다. 그래도 여자는 지아비가 있어야지. 언젠가 마을회관에서 호진이 들었던 복녀의 입장이었다.

상황이 이상할 정도로 경미 누나에게 유리하다. 호진은 뭔가 내막이 있을 것만 같았다. 어떤 방법으로 복녀를 비닐하우스에 데려갔는지는 알 수 없었지만 수사 대상에서 경미가 제외되고 있는 상황이 마음에 들지 않았다. 말도 어눌하고 얼굴은 음침하고. 그러다가 뜬금없이 표독스러워질 때가 있잖아. 솔직히 남편에게 맞고만 사는 여자도 나는 정상 아니라고 본다. 엔진을 마저 살핀 갑용이 허리를 펴며 호진을 빤히 바라봤다. 호구야. 이제부터 만날 때마다 너를 팰까 하는데 그래도 행복하게 잘 살 수 있겠냐? 호진은 갑용의 농담에 심긴 살벌한 뼈를 느꼈다. 언뜻 보면 왜소해 보이는 갑용이었으나 저 마른오징어 같은 몸이 30년도 넘게 공사판과 농사일, 바다일 할 것 없이 힘쓰는 직업만 골라서 하느라 얼마나 질기고 단단하게 단련됐는지 호진은 알고 있었다. 기어들어가는 목소리로 호진이 변명처럼 불만을 표했다. 노인네가 귀신이라도 씌었겠냐고. 자살도 아니고 자연사라고 보기는 힘들잖냐. 갑용은 분무기에 가득 찬 물에다가 농약을 부으며 혼잣말처럼 중얼거렸다. 그렇지. 사람이 죽였다고 봐야지.

갑용은 통을 흔들어 농약과 물을 섞었다. 호진은 혼란스러웠다. 갑용이 뭐라고 한 거지? 호진은 뒤에 이어질 갑용의 말을 기다렸지만 갑용은 설명을 보충하지 않았다. 용아. 너 뭐 알고서 하는 소리 같다? 갑용은 분무기 옆 땅바닥에 털썩 앉아 담배를 꺼내 물었다. 호구야. 장례식장은 다녀왔냐? 형들 많이 늙었더라. 호진은 갑용이 말한 형들이 도회지에 사는 복녀의 세 아들이라는 사실을 알아챘다. 저 다리가 문제야. 뭍이랑 오가기는 쉬워졌는데 어째 배 타고 다닐 때보다 얼굴 보기가 더 어렵냐. 떠날 사람은 떠나고 따라 떠나지 못한 쪽은 영영 남겨진 거지. 호진은 갑용의 말을 끝까지 듣지 않았다. 호진의 머릿속에 남은 것은 다리, 였다.

10여 년 전 뭍과 연결하는 다리가 놓인 뒤 메추리섬은 수도권과 가까운 위치인 덕에 관광지가 되었다. 다리를 타고 건너오는 외지인이 해마다 늘었다. 관광객 외에도 건설 현장과 음식점 일을 하려는 외국인 노동자들까지. 타지의 부자들이 땅을 사들이고 개간하는 바람에 논밭은 점차 사라져가고 골프장과 승마장이 들어섰다. 메추리섬은 전례없는 호황을 맞았지만 농사를 업으로 삼던 노인들은 일터뿐만이 아니라 일꾼마저 빼앗기고 있는 실정이었다. 노인들끼리 품앗이로 버티거나 봉기나 갑용 같은 비교적 젊은 농사꾼들이 일을 도맡고 있었지만 인력이 턱없이 모자랐다. 이외에도 문제는 산적했다. 버스에 가득 실려 오가는 외국인 노동자들과 주민들 사이에 다툼이 잦았다. 관광객들이 처치가 곤란한 반려동물을 버리고 떠났는데 그 수가 어마어마했다. 특히 떠돌이 개 무리가 기하급수적으로 늘어 주민자치회가 골머리를 앓았다. 무엇보다 외지인이 개펄에 시체를 버리고 떠난 사건이 일어나기도 해서 메추리섬은 점차 우범지역이 돼가고 있었다. 생각이 거기까지 미치자 호진은 범인의 출처가 저 다리 건너라는 확신이 들기 시작했다. 동네 사람이 복녀를 어찌할 이유를 호진으로서는 상상할 수 없었다.

　식사를 마친 복녀, 소화가 잘 되지 않는다.
　그간 봉기를 피하느라 외출도 삼가던 터라 밤마실을 가기로 마음먹는다.
　상쾌한 공기를 맞으며 마을 어귀를 한 바퀴 돈 복녀.
　집으로 돌아오는 길목에서 면식이 없는 괴한을 만난다.
　괴한은 흉기를 들고 복녀를 위협한다.
　괴한 : 꼼짝 마!
　복녀 : 아이구메!
　뒤도 돌아보지 않고 집으로 내달리는 복녀, 그 사달에 흙밭에서 구른다.
　그때 복녀의 무릎에 상처가 나고 옷에 흙이 묻는다.
　공포로 이성을 잃은 복녀는 아픈 줄도 모르고 일어나 다시 달린다.

집 앞에 도착한 복녀는 급한 마음에 비닐하우스 문을 열고 들어가 숨는다.

문고리를 꽉 붙들고 몸을 웅크린 복녀.

그때, 놀란 상태에서 무리하게 뜀박질을 한 까닭에 심장에 문제가 생긴다.

복녀는 통증을 버티다가 그대로 문 앞에 쓰러진다.

호진은 또다시 비닐하우스에서 생각이 막혔다. 집이 코앞인데 어째서 비닐하우스란 말인가. 아직 어두울 때였다고는 하지만 가로등 불빛이 가까웠던 탓에 불투명한 비닐은 몸을 숨기기에 적합하지 않았다. 단순히 당황해서 판단력이 흐렸던 것일까. 그렇다면 범인은? 아무리 발이 느리다고 하더라도 노인네 하나를 뒤쫓지 못해서 범행을 포기했을까? 복녀가 비닐하우스에 얼마나 머물러 있었는지는 알 길이 없으나 범인이 떠난 것을 확인했고 그때 고통이 엄습했다고 한다면 집으로 향하려는 노력의 흔적이라도 남았어야 한다. 심장사에 이를 때 일반적으로 전조가 되는 증상이 어느 정도 유지되기 마련이며 길면 한 시간까지도 지속된다고 호진은 알고 있었다. 통증을 느꼈다면 죽이 되든 밥이 되든 비닐하우스를 벗어나 집이나 하다못해 집으로 가는 길목에 쓰러져 있는 것이 자연스럽지 않나? 혹은 범인이 아직 복녀를 찾는 중이었고 그래서 복녀가 밖에 나설 수 없는 상황이었다고 한다면 범인은 그 뻔히 보이는 복녀의 실루엣을 찾지 못할 만큼 밤눈이 어두웠던 것인가. 설마 상대는 노인?

그건 아니고. 아니라고? 갑용은 담배를 피우며 허공을 응시했다. 혼란에 빠진 호진은 바로 전에 갑용이 했던 말을 복기했다. 장례식장, 형들, 뭍. 용아. 너 혹시 범인이 형들 중에 있다는 얘기냐? 호진은 목소리가 떨렸다. 심장이 약한 복녀를 몰아붙이고 비닐하우스 밖에서 복녀가 죽어가는 모습을 지켜보는 누군가의 얼굴에 차례대로 세 아들을 대입해보았다. 장남 경일은 정년퇴임을 하고 난 뒤 마땅히 돈 나올 구석이 없었고 더군다나 자식들이 벌려놓은 빚더미를 처리하느라 곤혹이라고 들었다. 복녀의 재산이 필요할 만했다. 차남인 경덕 역시 중병에 걸린 아내의 치료비가 막대했다. 막내 경찬이 어떻게 지내는지는 잘 몰랐지만 돈이 급하지 않은 중년은 없었다.

그 양반들이 노인네가 언제 마실 나올 줄 알고. 봉기 형한테 시달렸단 사실도 모르는 모양이던데. 갑용은 담배를 바닥에 비벼 끄고 자리에서 일어나 엉덩이를 털었다. 호진은 화가 치밀었다. 그럼 형들 얘기는 왜 꺼냈냐? 갑용은 엔진에 달린 리코일 스타터를 붙들고 힘차게 잡아당겼다. 몇 번을 시도했지만 좀처럼 시동이 걸리지 않았다. 갑용은 잠시 숨을 골랐다. 요즘 새벽녘에 동네 돌아다녀본 적 있냐. 갑용이 또다시 알 듯 말 듯한 소리를 늘어놓을 작정이라고 생각한 호진은 더 화를 억누르기 힘들었다. 순찰 도는 게 일이다 인마! 장난치지 말고 바른대로 말해! 이기적인 새끼, 남 일이라 이거냐? 소리를 지르는 호진을 보며 갑용이 쓰게 웃었다. 그런 거 말고. 두 발로 걸어서 숲길이나 한적한 골목 같은 데 말이야. 나는 종종 다닌다. 술 없으면 잠도 잘 안 오고 외로워서 돌아버릴 것 같을 때는 나가서 걸어야 진정이 되더라.

  호진은 갑용이 외롭다, 고 말하는 것을 처음 들었다. 아내가 자식을 데리고 떠난 뒤로도 갑용은 힘들거나 약한 기색을 내비친 적이 없었다. 호진은 갑용의 얼굴을 살폈다. 술에 취한 기색은 아니었다. 친구의 입가에 성기게 자란 수염이 희끗히끗했다. 지칠 때까지 휘적거리다 보면 꼭 개 새끼들이랑 마주치더라. 이 새끼들이 얼마 전까지만 해도 주인들 사랑받으면서 호의호식하면서 지냈을 텐데 꼴에 짐승이라고 보통 사나워진 게 아니야. 한번 버림받은 놈들이라 그런지도 모르겠다. 죽일 듯이 짖어댄다. 어둠 속에서 짐승 떼가 눈에서 쏘는 불빛이 얼마나 무서운지 아냐? 너 지금 혼자냐? 이렇게 묻는 것 같단 말이야. 그때 새삼 알게 되는 거야. 그래, 나는 혼자다. 그렇게 되면 도망 말고는 할 게 없다.

  엔진에 드디어 시동이 걸렸다. 갑용은 분무기를 등에 걸치고 자리에서 일어났다. 호진은 시끄러운 엔진 소리 때문에 머릿속이 어지러웠다. 봉당에서 벗어나 문밖으로 걸어 나가는 갑용의 뒷모습을 보며 호진은 단편적인 장면들을 떠올렸다.

    식사를 마치고 새벽 산책을 나선 복녀.
    동네 어귀에서 복녀는 어둠 속 짐승 무리의 빛나는 눈동자와 마주친다.
    음식 냄새를 맡고 흥분한 개들은 복녀를 위협하며 거리를 좁힌다.
    겁에 질린 복녀는 도망을 치다가 흙밭에 구른다.
    개들은 복녀를 빙 두르고 위협하지만 공격할 의도는 아니다.
    복녀는 잽싸게 자리를 박차고 내달린다.
    집 근처까지 다다랐으나 급한 마음에 개들이 들어오지 못할 장소로 들어선다.
    복녀는 문을 붙들고 개들이 사라지길 기다린다.
    그때 심장이 문제를 일으킨다.
    복녀는 개 짖는 소리를 들으며 버틸 수 있는 데까지 버티다가 쓰러진다.
    흥분한 개들은 비닐하우스 근처를 빙빙 돈다.

아니, 복녀가 쓰러지기 전에 개들은 이미 떠났는지도 모른다. 그러나 비닐하우스 앞에는 개집이 하나 있다.

개집에는 관광객이 버리고 간 재패니즈 스피츠와 믹스견 사이에서 태어난 강아지 범수가 산다. 덩치와 나이에 비해 유난히 목소리가 큰 녀석이다.

왈!

밖으로 나서던 갑용이 문턱에 발이 걸렸다. 갑용은 요란한 소리를 내며 앞으로 쓰러졌다. 엔진은 멈추지 않았고 멀리 개들이 짖는 소리가 요란했다. 호진은 바닥에 엎어진 채 움직임을 멈춘 갑용을 지켜봤다. 용아. 괜찮냐? 갑용은 대꾸도 없이 자리에서 일어섰다. 몸에 묻은 흙도 털지 않고 갑용은 어딘가로 향했다. 엔진 소리가 멀어져갔다. 바깥의 모든 소리가 잠잠해지자 대청에 적막이 감돌았다. 홀로 남은 메추리섬 파출소 소속 경사 구호진은 조금 외로워졌다.

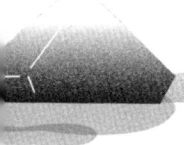

너무 시끄러워서

임승훈

2011년 『현대문학』으로 등단했다.

신발을 벗으려고 보니 손가락이 미끌거렸다. 도어락 키에 무언가 묻어 있었는지도 모른다. 이게 뭐지? 하면서 냄새를 맡아봤지만 냄새를 맡을 수 없었다. 왜냐하면 온 집 안에 빨래 냄새가 가득했기 때문이다. 빨래 냄새라고 하면 빨래 냄새. 세제 냄새나 섬유 유연제 냄새만을 말하는 게 아니다. 섬유에 박혀 있던 노폐물이 세제와 섞여 수분에 증발하는 그 특유의 냄새. 내가 사는 곳은 원룸이라 따로 빨래를 말릴 곳이 없다. 그래서 오늘 아침 출근하기 전 방 한가운데에 빨래 건조대를 펼치고 빨래를 널었는데 아직 마르지 않은 것이다. 이 원룸은 대략 20년 정도 됐다. 오래된 원룸이라 그런지 넓긴 하지만 냄새가 잘 빠지지 않았다. 출근할 때 창문을 열고 나갔는데도 그랬다.

어제 저녁, 주문한 지 한 달 만에 세탁기가 배달됐다. 설치 기사는 화장실에 세탁기를 설치하면서 말했다.

"이놈이 우리 회사에서 제일 작은 놈입니다. 보통은 학생들이 주문하죠."

그러면서 내 얼굴을 빤히 쳐다봤다. 이 아저씨가 무슨 말을 하는 거야. 내가 나이가 들어 보인다는 거야? 아니면 내가 학생처럼 보인다는 거야? 아니면 이 나이에 학생들만치 가난하다는 거야? 이 원룸은 무엇보다 화장실이 넓었다. 이 큰 화장실에 이렇게 작은 세탁기라니. 그래서 그런 말을 하는지도 모른다. 그런 생각들을 했다. 화장실 문가에 오도카니 서서 세탁기 설치가 끝나길 기다리면서.

기사가 돌아가자마자 세탁기에 밀린 빨래를 잔뜩 채워 넣고 작동을 시켰다가 바로 껐다. 세탁기가 작아서 그런가? 살다살다 이렇게 시끄러운 세탁기는 처음이었다. 드럼으로 살 걸 그랬나? 엘지로 살 걸 그랬나? 어쨌든 그래서 아침 출근 전에 세탁기를 돌린 것이다. 퇴근해서는 이 요란한 세탁기를 돌릴 엄두가 나지 않았으니까.

그건 옆집 남자 때문이었다. 그는 삼십대 초반의 키가 작고 삐쩍 마른 남자였다. 그는 보기에도 볼품없고 예민해 보였지만, 보기에만 그런 게 아니라 실제로도 굉장히 피곤한 성격이었다. 나는 4년 전 수산시장의 장내 아나운서로 일하게 되면서 이 지역에 이사왔다. 이사온 날 저녁, 남자친구와 이삿짐을 정리하고 있는데, 누군가 문을 두드렸다. 바로 옆집 남자였다. 그는 초췌한 얼굴로 나와 눈을 마주치지도 못하면서 이렇게 말했다.

"옆집입니다."
"네, 안녕하세요."
"저기 죄송한데 좀 조용히 해주시면 좋겠습니다."
"네?"
"너무 시끄러워서 제 일을 못하겠습니다."
"그렇게 말씀하셔도 이삿짐을 정리해야 하니까……."
"이삿짐이라도 시끄러운 건 시끄러운 겁니다."

여전히 그는 나와 그 사이에 존재하는 허공의 어떤 지점이나 문틀 따위를 쳐다보면서 가늘게 떨리는 목소리로 말했다. 그때 남자친구가 나왔다. 남자친구는 옆집 남자에게 들으란 듯이 내게 말했다.

"무슨 일이야?"
"옆집 분이래."
"무슨 일입니까?"

남자친구가 묻자 그는 우물쭈물하더니 이렇게 말했다. 웅얼거리듯이 말해서 뭐라는지 잘 들리지도 않았다.

"아니, 좀 시끄러워서……."
"시끄럽다니요?"

내가 그 남자를 대신해서 대답했다.

너무 시끄러워서

"우리 이삿짐 정리하는 소리가 시끄럽다고 오셨대."

그 말에 남자친구가 남자에게 말했다.

"아니, 우리가 뭐 때려 부수는 것도 아니고 이사 와서 이삿짐 정리하는 것도 못 하는 겁니까?"

"무슨 소리 하는 거야. 죄송합니다. 조용히 정리할게요. 자긴, 들어가 있어."

그때의 그 남자친구는 늘 본인보다 약해 보이는 남자들에게 지나치게 흥분하거나 시비조인 면이 있었다. 나는 그게 싫었다. 결국 다른 이유로 헤어졌지만 나는 끝내 그를 남자로선 좋아해도, 인간적으론 좋아할 수 없었다.

어쨌든 우리가 하는 양을 지켜보고 있던 그 남자는 가만히 있다가 아무 말 없이 몸을 돌려 자기 집으로 돌아갔다. 현관문 밖으로 고개를 내밀고 보니 그는 정말 왜소했다. 뒷모습이 마치 깡마른 중학생 소년 같았다. 그 모습을 보고 남자친구는 말했다. 들으란 듯이.

"좆만 한 게."

물론 들었을 것이다. 하지만 그 남자는 돌아보지 않았다.

그 뒤로도 종종 그는 나를 찾아오거나 현관문에 쪽지를 붙였다. 남자친구가 없는 날에만 말이다. 아무래도 옆집이기 때문에 남자친구가 없는 날을 귀신처럼 알고 있는 것 같았다. 그가 하는 말은 늘 똑같았다.

"시끄러워서 제 일을 할 수 없습니다."

대체 그는 무슨 일을 하는 남자인 걸까? 그게 늘 궁금했는데, 이 집에 이사온 지 2년째 되던 해에 드디어 알게 됐다. 그는 소설가라고 했다. 무협소설을 쓴다고 했다. 그때 사귀던 남자친구가(이사 오던 해의 남자친구가 아닌 새로운 남자친구였다) 재활용쓰레기를 버리러 나갔다가 2층의 여자와 3층 아저씨가 하는 대화를 엿들었다고 했다.

"무협소설? 무술하고, 사람들 날아다니는 그런 거?"

"그렇지. 중국 영화 같은 거야. 어울린다, 그 남자와."

"왜 어울려? 저 사람은 삐쩍 말랐는데. 무술 같은 거랑 안 어울려."

"아니 어울려. 무협소설의 클리셰가 뭔지 알아?"

"아니."

"평범하고 불쌍한 남자가 기연을 얻어서 천하제일 고수가 되는 거야. 그리고 복수하는 거지."

"복수?"

"응, 복수. 자기 부모의 복수. 사부의 복수. 애인의 복수."

그리고 남자친구는 저 남자는 분명 혈우천이니 광마니 하는 필명을 쓸 거라고 했다.

그달에 남자친구의 제안으로 우린 〈신조협려〉라는 무협드라마를 함께 봤다. 중국에서 제작된 드라마인데, 김용의 소설이 원작이었다. 남자친구는 김용이야말로 동양의 톨킨이라고 했다. 그 드라마의 주인공 양과는 누구에게든 업신여김을 받으며 자란다. 심지어 양아버지의 딸에게 팔을 잘리기조차 한다. 그의 애인은 다른 사람에게 강간당하고, 심지어 둘은 타인에 의해 10여 년 동안 헤어지기조차 한다. 하지만 그럼에도 양과는 중원(〈반지의 제왕〉의 중간계라고 봐도 될까?) 최고의 고수 중 한 명이 되고, 사랑하는 여인과 백년해로하게 된다. 복수. 복수. 저 남자도 그런 걸 생각하는 걸까? 만약 그렇다면 누구에게 복수하고 싶은 걸까? 만약에 그가 누구에게 복수하고 싶다면, 그 상대는 한두 명이 아닐 거라는 생각이 들었다. 그는 양과보다 더 많은 사람들에게, 평생 괄시를 받았을 것 같은 인상이었기 때문이다.

이 원룸은 오래된 원룸치고 벽이 얇은 모양이었다. 옆집 남자 뿐 아니라 나도 종종 소음 때문에 신경이 곤두서곤 했으니까. 물론 옆집 남자 때문에 신경이 곤두서진 않았다. 그는 매우 조용한, 아니 소름끼치도록 생활의 소리가 없는 남자였다. 생활의 소리가 없는 정도가 아니라 살아 있긴 한 건지, 정상적으로 삶을 살아가고는 있는 건지도 의문이었다. 다른 집들은 놀러오는 친구도 있었고 가족도 있었지만, 지난 4년간 그의 집에 누가 방문한 소리를 들은 적이 한 번도 없었다. 가족이나 친구는커녕 연애조차 없었다. 가족이나 친구는 어찌어찌 집에 한 번도 오지 않을 수 있지만, 혼자 사는 남자가 연애를 하면서 집에 여자친구를 데려오지 않을 리 없는 법이다. 아니 어쩌면 그는 평생 연애를 한 번도 못 해본 건 아닐까? 이런 방면에선 누구보다 이웃이 정확했다. 그래서 나는 그럴 거라고 확신했다. 조용한 남자, 조용한 집, 외로운 남자, 어둡고 적막한 방에서 키보드를 두드리는 남자. 내게 그는 그런 이미지였다. 내가 이 얘기를 하니까 어느 날 남자친구가(〈신조협려〉를 같이 본 남자친구가 아니라 새 남자친구였다) 이렇게 말한 적도 있었다.

"평소에 너 신경 좀 써야겠다."

"왜?"

"저런 남자란 혼자 쓸쓸하게 죽을 타입이야. 그러고는 한 달이 지나 악취를 참다 참다 견디지 못한 옆집이 경찰에 신고하고서야 발견될, 그런 타입이란 말이지."

나는 내 얼굴을 손가락으로 가리키며 물었다.

"옆집?"

그러자 그는 내 얼굴을 손가락으로 가리키며 말했다.

"응, 옆집."

그 뒤로 왠지 그가 어느 날 죽는 게 아닐까 싶어 그 집 현관 앞을 지날 때면, 잠에서 깨어날 때면 습관적으로 킁킁거리며 냄새를 맡는 버릇이 생겼다.

아무튼 그 남자를 포함해서(아니 그 남자야말로 누구보다 더) 이 원룸에 사는 사람들은 어느 정도는 모두 이웃집의 소리에 예민해 있었다. 나도 한번은 윗집에 올라간 적이 있었다. 지난달이었다. 겨울부터 그 집 여자는 자정만 되면, 무얼 하는지 쿵쿵쿵 하는 소리를 냈기 때문이다. 사오 분 간격으로 삼사십 분 정도를. 다른 시간도 아니고 자정에 말이다. 몇 달 동안 말이다. 문을 두드렸더니 사십대 여자가 나왔다. 얼굴이 땀으로 범벅이 되어 있었다. 그녀는 묘하게 기분 나쁜 눈빛을 하고 말했다.

"무슨 일이죠?"

내가 묻고 싶은 말이었다. 대체 몇 달 동안 자정에 무슨 일인 거죠? 하지만 나는 그렇게 묻지 못했다.

"저기, 좀 자꾸 쿵쿵거려서요."

"네?"

"뭘 하시는지 자꾸 쿵쿵거려요."

"내가?"

"네, 그렇지 않을까 싶어서요."

"전 아니에요."

이렇게 나오면 어떻게 말해야 할지 모르겠다.

"아니라고요?"

"아니에요."

"그래도 소리가 좀……."

"무슨 소리요?"

"쿵쿵."

"쿵쿵?"

"네."

"어머, 별일이야. 12시가 넘어서 남의 집에 찾아오는 것도 그렇고, 아니라는데 끝까지 기라고 하는 것도 그렇고. 대체 우리 집엔 이 밤에 쿵쿵거릴 게 없어요."

그러면서 그녀는 이마의 땀을 닦았다. 4월인데 말이다. 대체 뭘 하고 있는 거야, 이 여자야, 그 땀 말야, 쿵쿵거릴 게 없다면서 그 땀은 뭐야, 라고 말하고 싶었지만 정말 난 이럴 때 뭐라고 말해야 할지 모르겠다. 방법이 없잖은가. 그래서 결국 네, 그렇군요, 따위로 말하고 돌아서고 말았다. 그때 나를 붙잡으며 여자가 말했다.

"저기 이왕에 왔으니까 말하는데, 소리라면 아가씨가 더 조심해야 할 거 같은데."

"네?"

"그거 있잖아. 남자친구가 오면 창문 좀 닫는 게 좋지 않을까?"

이렇게 말하고 그녀는 예의 그 묘하게 기분 나쁜 눈빛으로 나를 쳐다봤다.

"네?"

그렇게 대답하고 보니 이 염치없는 여자가 무슨 말을 하는지 금세 깨달았다. 그걸 깨닫자마자 내 얼굴이 뜨거워졌다. 화가 났다. 왜 화가 났냐면 당치도 않은 헛소리라고 생각했기 때문이다. 다른 때도 늘 소리에 조심했지만, 무엇보다도 나는 섹스할 때만큼은 창문을 꼭 닫았다. 그런 옆집 남자가 있는데 대체 내가 무슨 배짱으로 창문을 열어두고 섹스를 할까. 게다가 나는 그런 염치없는 인간(그러니까 당신 말이야! 당신 같은 인간이 아니라고!)이 아니었다. 그걸 말하고 싶었지만 말할 수 없었다. 그래서 내가 겨우 한 말은 이거였다.

"저 요즘 남자친구 없어요."

그건 사실이었다. 그때 나는 남자친구가 없었다. 바로 얼마 전에 헤어진 것이었다.

"그건 내가 알 바 아니고."

"네? (남의 섹스에 참견할 때는 언제고?)"

"그래도 아가씨는 여기 이사 오고 4년 동안 남자가 없었던 적이 없었으니까. 어쨌든 곧 또 생길 테니까 하는 말이야. 다음 남자친구랑은 꼭 창문을 닫아줬으면 해요."

"아니, 뭐."

그러고 나서 그 여자는 "그럼"이라고 말하고 문을 닫고 집에 들어갔다. "그럼"이라니. "아니, 뭐"라니. 그 여자도 정신 나간 년이지만, 나도 어처구니 없는 년이구나, 이런 생각을 하면서 내려왔다. 그게 바로 한 달 전. 그날 이후 나흘 뒤에 그 여자는 죽었다. 그 사실을 나는 일주일 전에 알았다. 그동안 나도 정신이 없었기 때문이다. 최근의 나는 엉망진창이었다.

일단 수산시장에서 올 여름부터 일할 수 없게 됐다. 조합 측에서 나와 더 이상 재계약을 하지 않겠다고 통보했기 때문이다. 게다가 전 남자친구가 누군가와 결혼한다는 소식을 전해 들었다. 나와 헤어진 지 얼마나 지났다고! 나는 그와 결혼할 마음이 없었다. 하지만 우린 그 언젠가 의심할 나위 없이 깊이 사랑했던 사이였다. 헤어질 무렵엔 둘 다 지쳐 있었지만 그래도 연인 관계였으니 의리가 있어야 하는 게 아닌가, 그런 생각을 했다. 연애도 인간관계. 그럼 연인 간에도 인간에 대한 예의란 게 필요하다. 나는 평소 그렇게 믿어왔는데, 이 남자는 나와 헤어지기 전에 누군가와 만나고 있었던 것이다. 더 이상 사랑하지 않는 남자였는데도 어떤 배신감에 나는 치를 떨었고, 집에 들어오면 외로웠다. 사랑이 식은 건 자연스러운 현상이나, 한 인간으로서 존중받지 못하는 건 견디기 힘들다. 그런 생각을 하면서, 매일 밤 집에 들어오자마자 TV나 라디오를 켜놓은 채 맥주를 마시다 잠들었다. 그러다 사흘 전에 출근하는데, 현관문 앞에 포스트잇이 붙어 있었다.

'시끄러워서 제 일을 할 수 없습니다.'

일이라고? 그 빌어먹을 날아다니는 사람들을 끼적거리는 거 말이지? 그 칼 한 번 휘두르면 산이 무너지고,

포효 한 번이면 백 명이 죽어나가는 그런 걸 키보드로 토닥토닥 두드리는 거 말이지? 그따위도 일인가? 일이란 건 매일 출근해서 매일 제자리에 앉아서, 덜떨어진 사람들한테 멍청한 지시를 받으며 굴욕적인 기분으로 퇴근하는 걸 일이라고 하는 거라고! 이런 생각을, 사실 생각만 하면 좋았는데, 무언가 공연히 화가 나서 나는 이걸 큰 소리로 말하고 말았다. 원룸 복도에서. 들으란 듯이 말이다. 사실 4년간 나도 참을 만큼 참았다. 참았지, 참았다. 과장의 여의도 깔깔깔 수준의 멍청한 농담도, 수산시장의 생선 비린내도, 팀장의 성희롱도 참을 만큼 참았다! 매일 말이다. 주 5일을 말이다! 한 달에 한 번 주 6일을 말이다! 이 예민한 남자의 '시끄러워서 제 일을 할 수 없습니다'란 빌어먹을 항의도 참을 만큼 참았다고, 그랬다고. 문득 슬펐다. 난 밤에 샤워할 때도 물을 졸졸졸 흘러가도록 틀었다. 바로 작년 초에 사귄 남자친구는 굉장히 재밌는 사람이었는데(옆집 남자는 내 신고로 한 달 뒤 사체로 발견될 거라는 말을 한 남자가 아니었다. 새로운 남자친구였다) 그가 아무리 웃긴 말을 해도 숨죽이며 웃곤 했다. 그의 팔뚝을 붙잡으며. 끅끅, 웃음을 참느라 마치 울음을 참는 것처럼 말이다.

 하지만 그건 공정하지 않은 말이었다. 그는 가족도 친구도 없이(없는 것처럼 보일 만큼), 연애도 하지 않고 매일 자기 집에 처박혀 있었다. 그도 자기 일을 하는 사람이었다. 공정하지 않아. 이건 비열한 말이었어. 나는 내가 부끄러웠다. 그가 들었을까? 들었겠지. 들었을 것이다. 그렇게 사흘이 지났다. 그 사흘간 나는 내가 했던 말이 마음에 걸려 정말, 남의 집에 얹혀사는 것처럼 눈치를 보며 지냈다.

그러다 어제 세탁기가 온 것이다. 애초에 새 세탁기를 산 이유는 전 남자친구 때문이었다. 원래 쓰던 세탁기는 세탁 기능이 고장 나 있었다. 그래서 나는 주로 손빨래를 하고 세탁기로는 헹굼과 탈수 기능만 썼다. 그걸 보고 그는 말했다.

"이게 뭐야? 세탁이 안 되는데 무슨 세탁기야?"

"왜? 이건 내 헹굼기야."

"헹굼기?"

"응."

그전까지의 남자친구들은 내가 그렇게 말하면 모두 웃고 넘어갔다. 나를 사랑할 때의 그도 그랬다. 하지만 이제 나를 사랑하지 않는 그는 진지하게 말했다.

"이건 헹굼기도 아니고 고장 난 세탁기야."

그리고 나를 볼 때마다 새로운 세탁기를 사라고 했다. 내가 그의 말을 들질 않으니 자기가 돈을 보태겠다고 했다. 내가 아무리 됐다고 말해도 막무가내로 세탁기 값에 오십만 원을 보태고 말았다. 그 무렵 우린 떨어지기 직전의 목련꽃 같았다. 우리의 애정은 식어버린

지 오래였고, 그게 너무 일상적인 상태라, 이젠 서로를 사랑하지 않는 게 불안하지조차 않은 상태였다. 그래서 오히려 기묘한 우정 같은 게 있었다고나 할까? 서로를 더 배려했다고나 할까? 더 정확히 말하면 우린 사랑했던 때보다 서로의 기분을 굉장히 신경쓰게 됐다. 상대방이 조금이라도 싫은 티를 내면 고집을 부리지 않았다. 아무리 좋은 거라도 강요하지 않았다. 누군가를 내 뜻대로 따르게 하는 건, 그만큼의 책임도 져야 하는 거니까. 책임을 진다는 건, 사랑한다는 의미니까. 우리는 이제 사랑하지 않으니까. 그래서 그가 내게 새 세탁기를 사라고 강요한 건 조금 이례적인 거였다. 그건 일종의 시그널이었다. 내가 몰랐을 뿐이었다. 그 무렵 그는 이미 다른 여자를 만나고 있었다는 말이다. 만나고 있는 것뿐 아니라 결혼을 준비하고 있었다. 개새끼. 그와 헤어지고 오십만 원을 돌려주겠다고 했다. 내가 그래도 그건 불편하다고 했지만 그는 거듭 돌려받길 거부했다.

"정말, 괜찮아. 그건 그때의 마음이니까."

"그게 무슨 소리야?"

"괜찮다는 거지."

"어떻게 지내?"

"잘 못 지내. 너는?"

"(잘 못 지낸다고? 결혼한다며, 이 새끼야? 라고 묻지 못했다, 나는. 병신처럼) 나도 그래."

그리고 전화를 끊었다. 이제 와서 생각해보니 왜 그렇게 말했는지 알겠다. 어떤 부채감 같은 거였겠지. 사실 그럴 만한 일을 저질렀다, 너는. 그렇게 생각하면 오십만 원은 양심을 판 대가 치고는 너무 저렴했지. 그런 생각도 했다.

하지만 마치 메타포처럼, 세탁기는 한 달이 넘도록 배송되지 않았다. 무슨 일이 있는 건지 알 수 없었다. 대체 무슨 일인지 확인해야 했지만, 나는 그게 무슨 상관이랴 싶었고, 집에 오면 TV를 켜놓고 맥주 마시기에 바빴다. 그러다 현관문에 쪽지가 붙고, 그 쪽지를 떼어내면서 큰 소리로 키보드로 사부작거리는 게 무슨 일이냐고 주정뱅이처럼 소리소리 지르고, 세탁기를 받고, 오늘 밤이 되었다. 피곤했다.

TV를 켜기 위해 창문을 닫았다. 닫기 직전에 방범창을 잡고 흔들었다. 내 습관이었다. 내 방은 1층이었기 때문에 아무래도 늘 불안했다. 내 이런 습관을 보고 남자친구(얼마 전에 헤어진 그 남자 말이다)는 말했다.

"마음먹으면 그깟 방범창."

그는 이런 건 조금 번거로울 뿐이지 사실 들어오려고 작정하면 일도 아니라고 했다. 맞는 말이었다. 나도 알고 있었다. 그래서 나도 알고 있다고, 이건 일종의 의식 같은 거라고, 그뿐이라고 말했다. 내가 모르고 있던 건 그 새끼가 개새끼였다는 것뿐이다. 창문을 닫고 잠시

귀를 기울였다. 옆집 남자는 내 소리를 듣고 있을까? 그럼 들으라지. 그런 마음으로 TV를 켰다. 지친다. 지쳤다. 아무리 해도 나아지지 않는다. 나는 졸업 학기서부터 시작해서 아나운서 준비만 4년을 했다. 마지막 1년은 준비라고 할 수도 없었다. 포기하는 과정이었다고나 할까. 한때는 MBC에서 3차까지 가기도 했다. 하지만 거기까지였다. 3차에서 떨어지니 모든 게 귀찮아졌다. 결국 지방 기업의 사내 아나운서, 코엑스에서 행사 진행 아나운서 등을 전전하다가, 수산시장에서 가장 오래 일했다. 물론 그 와중에도 지상파나 종편, 케이블 등에서 아나운서 공고가 뜰 때마다 몰래 시험을 보러 다녔다. 하지만 1차도 통과를 못했다. 1차 통과도 못하고 이제 삼십대 초반이 되었는데도 아직까지 무언가 속 시원하게 놓지 못하고 있었다. 될 대로 되고 싶다. 그렇게 생각하는데도 그렇게 못했다. 될 대로 되라니. 옆집 남자는 될 대로 되라는 마음으로 살고 있을까? 전혀 그렇지 않은 것 같았다. 4년 전이나 며칠 전이나 그가 내게 하는 말은 이거였다.

시끄러워서 제 일을 할 수 없습니다.

전 남자친구(전전전 남자친구 말이다) 얘기론 무협소설은 문학상이나 이런 걸 받는 게 아니라고 했다. 이문열이나 공지영 같이 존경받는 작가로 살 수 있는 게 아니라고 했다. 대신 사랑을 받는다고 했다. 그리고 돈을 많이 번다고 했다. 무협소설 작가가 받는 사랑은 고스란히 현금화 된다고 했다. 그런데 옆집 남자가 4년이 지난 후에도 옆집 남자인 걸 보니 그는 사랑받는 무협소설 작가가 아닌 게 분명했다. 그러면 그도 별 볼 일 없는 직업인으로 살고 있는 거구나 싶었다. 그런데도 그는 내가 조금이라도 큰 소리를 내면, 그러니까 무언가 분해서 엉엉 울거나(나는 슬픈 영화를 보거나 이별하거나 하는 걸로 울지 않고, 세상에 화났을 때 혼자 우는 버릇이 있었다), 밤새 기침이라도 하면 어김없이 '시끄러워서 제 일을 할 수 없습니다'라고 말했다. 그만큼 자기 일에 집중하고 싶어 했다. 그건 될 대로 살고 있는 게 아니잖아. 그렇게 생각하면 그의 앙상한 몸은 그의 의지나 다름없었다. 무엇이 그로 하여금 그렇게 포기하지 못하게 하는 거지? 무엇이 그로 하여금 그토록 집착하게 하는 거지?

    화장실에 들어가면서도 계속 그 생각이었다. 오줌을 누면서도, 그 생각이었다. 변기 맞은편에 있는 세탁기를 보면서도 그 생각이었다. 빌어먹을 세탁기. 전 남자친구 생각이 났다. 그 새끼가 오십만 원을 돌려받지 않았기 때문에 나는 매일 기분이 더 나빠졌다. 역시 돌려줘야 했다. 오십만 원을 그의 직장에 택배로 보낼까? 복수하고 싶다. 복수? 역시 복수인가? 옆집 남자는 역시 복수하고 싶어서 쓰는 거겠지? 그게 아니면 도저히 설명이 되지 않는 그의 안색, 그의 집착. 그러면 누구한테?

 오줌을 누고 샤워기의 물을 머리에 쏟아부으면서 세탁기를 발로 찼다. 이 어마무시하게 좆만 한 세탁기! 이 어마무시하게 의리 없는 새끼! 이 원룸은 오래됐기 때문에 화장실이 무식하게 컸다. 옛날 집들이 그렇지. 벽에 못은 안 박히고, 화장실은 크고, 하수구 냄새가 늘 감돌고, 난로를 아무리 틀어도 집이 으스스 추운. 화장실이 커서 세탁기를 놓아도 좁지 않아 좋지 않냐고 그가 말했지.

 "왜? 난 여기서 이사 갈 거야. 지금 새거 사면 이사 갈 때 곤란해. 한두 푼도 아니고. 돈이 아깝단 말야."

 그래서 그가 돈을 보탰지. 오십만 원! 복수! 복수. 복수라고 하니 2층 여자가 떠올랐다. 그 여자는 누가 죽인 걸까? 죽은 게 아니라고 했다. 죽임을 당한 거라고 했다. 그걸 일주일 전에야 알다니. 진작 이 집에서 이사 가고 싶었다. 단단한 문이 있고 경비 아저씨가 있는 오피스텔로 가고 싶었다. 하지만 왜인지 매번 사정은 나빠져갔고, 그래서 이 낡은 원룸에서 벗어나질 못하고 있었다. 벗어나고 싶다. 지긋지긋하다. 그런 생각을 했다. 머리를 감으면서 말이다. 보글보글 머리에 거품을 내면서 말이다. 비누 거품 사이로 실눈을 뜨고 아직은 탄력 있는 내 알몸이 비치는 거울을 보면서 말이다. 내 몸은 예뻐. 아직 충분히 예뻐. 그렇게 주문처럼 중얼거렸다. 사실 나는 얼굴도 얼굴이지만 몸매가 특출났다. 특히 엉덩이와 다리가 멋졌다. 그래서 애초에 지상파 아나운서보다 스포츠 아나운서나 기상캐스터를 제의받곤 했다. 그래 난 아직 괜찮아. 난 아직 가능성 있다. 아직 할 수 있다. 차라리 잘됐어. 이렇게 된 거 이 기회에 다시 한번 전심전력으로 케이블 아나운서를 노려보는 거야. 아니면 기상캐스터도 좋고. 그런 생각을 하면서 말이다. 옆집 남자에게 들릴까 봐 졸졸졸 물이 흐르도록 약하게 튼 샤워기를 머리에 갖다댄 채 말이다. 거울에 비친 내 등 뒤에 있는 세탁기를 보면서 말이다. 그리고 그때 나는 세탁기 뚜껑이 조금 들려 있는 걸 발견했다. 그 사이로 삐쩍 마른 남자가 눈을 빼꼼 내민 채 나를 쳐다보고 있는 걸 발견했다.

그 골목을 돌아가면

전아리

2008년 세계청소년문학상,
디지털작가상 대상-문화체육관광부 장관상을
수상하며 본격적으로 작품활동을 시작했다.
소설집 『주인님, 나의 주인님』 『옆집 아이는 울지
않는다』, 장편소설 『어쩌다 이런 가족』
『달이 뜨면 네가 보인다』 등이 있다.

폴리스 라인을 넘어 연립주택의 대문 안으로 들어서던 정훈은 2층 계단에 앉아 있는 경우를 발견했다. 다리를 약간 벌린 채 시선을 바닥에 떨어뜨리고 있어 형이 도착한 것을 알아채지 못한 듯했다. 경우의 지구대 제복 겨드랑이 부분은 땀으로 흠뻑 젖었고 축축한 이마에도 머리카락이 실오라기처럼 달라붙어 있었다.

"차 형사님, 이쪽입니다."

 정훈은 자신을 부르는 윤 형사에게 기다리라는 손짓을 해 보이고는 그제야 고개를 드는 경우에게로 다가갔다. 정훈은 들고 있던 생수를 동생에게 건넸다. 경우는 차가운 생수를 몇 모금 들이켜다가 이가 시린 듯 손등으로 입가를 가리고 미간을 찡그렸다. 정훈은 생수병을 받아 자신도 입을 축였다. 경우는 얼마 전 동네 취객을 상대하던 도중 가로등에 부딪혀 입술이 터지고 앞니가 부러졌다. 취객은 형제가 어릴 적부터 동네에서 유명하던 술주정뱅이 남자로, 이젠 술병 들 힘도 간신히 끌어낼 만한 비쩍 마른 노인이었다. 차에 실어서 유치장에 하룻밤 던져 넣어두면 될 것을, 동생은 집에 돌아가는 게 어떻겠느냐고 회유를 하다가 노인이 갑작스레 내던진 술병을 피하던 통에 봉변을 당했다. 정훈은 대문 밖에서 웅성거리는 동네 사람들을 흘끗 돌아보았다. 뙤약볕 아래에 마구 자란 잡초처럼 사람들은 발돋움을 하며 폴리스 라인 안쪽을 기웃거리고 있었다. 걱정이나 두려움보다 앞선 호기심으로, 낯익은 동네 주민들 모두 흥분을 감추지 못한 얼굴이었다. 사람 죽은 일이 뭔 구경거리라도 되는 줄 아는 건지. 정훈은 자신을 향해 손을 흔드는 동네 사람들을 외면했다. 마음 같아서는 현장으로 들어가서 실컷 보라고 등을 떠밀어버리고 싶었다. 사후 경직이 시작되며 뻣뻣해지는 시신이 그것을 보는 사람으로 하여금 얼마나 공허한 무력감을 느끼게 하는지, 배설된 체액이나 혈액의 냄새가 얼마나 날카롭게 비강을 관통하는지. 정훈은 매번 사건 현장에서 바디백에 담겨 나오는 시신이나 들것에 실린 폭행 피해자의 얼굴을 구경하기 위해 아귀다툼하듯 라인 앞으로 몰려드는 사람들을 볼 때면 지독한 환멸을 느끼곤 했다.

"연서는?"

정훈은 바지의 한쪽 주머니에 손을 꽂은 채 물었다. 경우는 대답 대신 감은 눈을 엄지와 중지로 꾸욱 눌렀다. 정훈은 동생의 어깨를 두드리고 타닥타닥 반지하로 향하는 계단을 내려갔다.

방 두 개에 주방일체형 거실, 욕조 없는 화장실이 딸린 구조. 주방에서 거실로 이어지는 바닥에는 프라이팬과 냄비, 깨진 접시 조각이 뒹굴고 있었다. 거실 구석 화장실 문은 여러 차례에 걸쳐 부서진 구멍을 덕 테이프로 덧대어 막아놓았으나 뒤틀린 문짝까지는 어쩔 수 없었는지 문 아래쪽으로 손가락 마디 하나 정도 되는 틈이 벌어져 있었다. 테이프 가장자리에 까맣게 때가 탄 걸로 보아 꽤 오래전에 생긴 구멍 같았다. 큰방에는 행거와 매트리스만 깔아둔 잠자리 사이로 사람 한 명이 겨우 들어갈 수 있을 만한 공간이 있었다.

정훈은 큰방 문지방 앞의 혈흔을 보다가 걸음을 옮겼다. 작은방은 생활 집기들을 되는 대로 쌓아두어 얼핏 보기에 창고나 다름없었다. 정훈은 창가에 매달려 있는 남자의 주검을 보았다. 정확히는 작은 방 창문 위에 길게 파여진 홈에 고정된 철제 커튼 봉에 컴퓨터 케이블 선으로 목을 맨 채 늘어져 있었다. 버팀목으로 딛었을 구형 데스크탑 컴퓨터의 널찍한 본체가 발치에 가로로 쓰러져, 방바닥과 발끝 사이의 거리는 불과 한 뼘도 되지 않았다. 시반이 나타나지 않았고 사후경직도 아직 진행되지 않은 걸로 보아 사망 추정 시각은 한 시간 미만이라고 했다.

"얼마 만에 출동했어?"

정훈은 바닥에 고인 배설물로부터 몇 걸음 떨어져서 남자의 시신을 훑어보며 물었다.

"신고 받고 이십 분쯤 지나서……."

경찰이 말끝을 흐리며, 근방에 교통사고가 있었다느니 하는 핑계를 둘러대다가 혀를 찼다.

"아시잖아요. 김연서 씨 지난달에만 스무 번 넘게 신고를 했다니까요. 전화할 땐 남편이 때려죽일 것처럼 악쓰다가 급하게 출동하면 또 괜찮으니까 가라고 하고. 그게 벌써 몇 달째였는지……. 밤낮없이 아주 상습적으로 그러니까 맥이 빠져서. 그래도 빨리 온다고 출동한 겁니다."

"뭐라고 신고했는데?"

"똑같았죠 뭐. 남편이 빚 때문에 같이 죽자 덤벼든다고. 형님도 아시잖아요, 이 사람 도박이랑 술에 미쳐서 허구한날 동네 싸돌아다니면서 주사 부린 거. 허풍만 떨었지 크게 사고친 적은 없었어요."

정훈은 방바닥을 둘러보다가 수염이 까끌까끌하게 돋은 턱을 매만졌다.

"오늘은 크게 한번 쳤네. 김연서는?"

"남편이 술병을 깨서 대퇴부 쪽을 찔렀어요. 다행히 동맥은 피했답니다. 근데 쓰러지면서 문지방에 머리를 찧었는지 저희가 왔을 땐 기절한 상태였어요. 병원으로 바로 이송하고 깨어났는데 쇼크 상태여서 아직 취조할 상황은 아니랍니다."

정훈은 거실로 걸어 나오며 바닥에 흩뿌려진 소주병 파편들을 훑어보았다. 경찰이 뒤따라 나오며 진절머리 난다는 투로 혼잣말처럼 중얼거렸다.

"피는 한 바가지 흐르지, 거기다 기절한 거 보고는 진짜 죽은 줄 알았나 봐요."

피 묻은 발로 정신없이 집안을 배회한 발자국이 거실 장판 위에 산만하게 찍혀 있었다. 정훈은 발자국 사이에서 빛나는 유리 파편들을 손끝으로 찍어내듯 집어 들여다보았다. 그는 다시금 작은방으로 들어가 시신을 이리저리 만지며 발목과 무릎 등의 관절 경직 상태를 살펴보았다. 그는 고개를 기울이며 뒤편의 윤 형사에게 소리쳤다.

"지구대 쪽 신고 전화 들어왔을 때, 남편 목소리 들렸는지 확인해봐."

윤 형사가 정훈에게 다가서려는 경찰을 막아서며 협조를 요청했다.

"악 쓰고 뭐 내던지는 소리는 들렸대요."

부루퉁한 대답이 들려왔다. 윤 형사는 시신을 더듬으

며 다시금 물었다.

"현장에 도착했을 때 김연서가 기절해 있었던 건 확실한가?"

구조대가 의식 불명 상태를 확인했다며 고개를 끄덕이던 경찰은 라텍스 장갑을 벗는 정훈을 흘끗 보다가 맥없이 한숨을 내쉬었다.

"설마……. 저 체구의 인간을 김연서 씨가 매달았다고 생각하시는 거예요?"

정훈은 경찰의 얼굴을 빤히 쳐다보며 대꾸했다.

"동기는 충분하잖아."

"얻어맞고도 막상 남편 연행해 가려고 하면 괜찮다고 말 바꾸던 여자예요. 형님, 어릴 때부터 김연서 봐놓고 그렇게 모르시나. 인생이 불쌍하잖아요. 겁도 많고."

자살한 남자에 대한 연민이라고는 조금도 묻어나지 않는 말투였다. 경찰은 오히려 학창시절부터 학교 후배로 어울려 지내던 본인에게 친한 척은커녕 안부조차 묻지 않고 냉대하는 정훈을 매정하게 여기는 기색이었다. 정훈은 그 앞을 지나쳐 관할 경찰서에서 함께 출동한 윤 형사를 바라보았다.

"김연서는 병원에서 연락 오면 내가 만나볼게. 자살한 남자 이름이, 홍경, 뭐? 아무튼 휴대폰 기록 확인하고 주위에 사는 사람들 진술 모아 와."

가능한 한 빨리 현장 정리를 하라는 눈짓을 하고 현

관문 밖으로 나왔다.

 일순 폐로 밀려드는 맑은 공기에 가벼운 현기증이 일었다. 계단에 앉아 있던 경우가 정훈을 보고 자리에서 일어났다.

 정훈은 북적이는 골목을 벗어나 갓길에 차를 세우고 시동을 껐다. 그는 눈을 가늘게 뜨고 거리를 오가는 차들을 바라보았다. 20년 전 철물점과 분식점이 있던 건너편 거리에는 대형 마트가 들어서 있었다. 건물 옆 골목, 연서네 어머니의 포장마차가 세워져 있던 콘크리트 바닥은 진작 보도블록으로 바뀌었다. 콘크리트를 대충 부어 만든 길이라 비가 오던 날이면 유난히 습한 냄새가 올라오던 골목이었다. 포장마차의 불이 다른 날보다 일찍 꺼지는 밤이면, 연서네 어머니는 닭발을 볶거나 어묵 국물을 끓이는 대신 단골손님을 따라 골목 안쪽 여관에 들어간다는 소문이 있었다. 반 친구들의 말로는 포장마차 알전구의 불빛은 오만 원이면 꺼진다고 했다.

 멋모르는 어린 시절부터 어울려 지내던 동네 아이들은 중학생이 되고부터 노골적인 따돌림으로 연서를 고립시켰다. 어릴 때는 곧잘 놀이터에서 함께 놀곤 하던 정훈도 연서에게 거리를 두었다. 눈치 없이 예전처럼 연서에게 친근하게 구는 경우에게도 그런 여자애에겐 가까이 가지 말라고 주먹다짐을 하며 경고했다. 혼자가

그 골목을 돌아가면

된 연서를 만만하게 보기 시작한 불량배 무리들이 그 틈을 이용해 그 애에게 접근했다. 들리는 말에 의하면 주로 공사장으로 불러내서 돈을 뜯어내거나 잔심부름을 시킨다고 했다. 연서가 방과 후 불량배 무리에 이끌려 가는 횟수가 늘어날수록 포장마차의 영업이 일찍 끝나는 날도 잦아졌다.

열일곱 살이 되던 해. 남녀공학이었던 중학교에서 동네 아이들이 각자 남고 여고로 나뉘어 입학식을 마친 날. 평소처럼 골목 앞을 지나쳐 학원을 가던 정훈을 연서가 조심스럽게 불러 세웠다. 포장마차가 있는 골목보다 더욱 비좁은 옆 골목으로 정훈을 데리고 간 연서는 가방 속에서 작은 상자 하나를 꺼내 내밀었다. 파란색 골판지를 오려 만든 주먹만 한 크기의 상자였다. 상자를 열자 박하 냄새가 화하게 올라왔다. 정훈은 문득 박하 향기가 이른 새벽의 바람 냄새를 닮았다는 생각을 했다. 식당에서 입가심용으로 두는 것을 일일이 뜯어 랩으로 감은 박하사탕이 수북이 담겨 있었다.

정훈의 반응을 살피던 연서가 이내 수줍게 얼굴을 붉혔다. 가무잡잡한 피부에 약간 쳐진 눈매, 순한 성격을 드러내는 동그란 코끝, 제 어머니와 똑 닮아 가만히 있어도 웃는 것처럼 보이는 입매. 정훈은 그에 비하면 앙칼지게 생긴 얼굴을 좋아하는 편이었다. 쑥스러움을 타고 소심한 성격의 여자보다는 야무진 성격의 여학생들에게 호감이 갔고, 비닐 랩에 싸인 사탕보다는 나이키나 아디다스 커플 운동화를 선물해 줄만큼 여유 있는 여자 친구를 만나고 싶었다. 건장한 체격에 외모가 반반한, 소위 잘나가는 무리들과 어울리던 정훈의 인기를 감안하면 원하는 여자친구를 만드는 것쯤이야 어려운 일도 아니었다.

"나랑 사귀자."

어렵게 입을 뗀 연서는 정훈과 눈이 마주치자 아랫입술을 깨물었다. 정훈은 상자 뚜껑을 닫았다. 몇 차례 바람이 스쳐간 뒤, 정훈은 무덤덤하게 대답했다.

"그러자."

그 뒤로 정훈은 고등학교를 졸업할 때까지 쭈욱 연서의 남자친구로 지냈다. 졸업한 뒤 연서는 화장품 회사와 연계된 대학교에 합격해 지방으로 내려갔고 두 사람은 서서히 연락이 뜸해지다가 누가 먼저 헤어지자고 말하는 것조차 어색해질 무렵 자연스럽게 헤어졌다.

그녀가 다시 동네에 나타난 것은 4년 전, 모친상을 당했을 때였다. 깡마른 체구에 피부는 가무잡잡하다기보다는 누렇게 뜬 느낌이었다. 연서는 남편이라는 남자와 함께 홀어머니가 살던 집으로 이사를 왔다. 세탁소 앞에서 연서와 마주친 정훈이 인사도 건네지 않고 그녀를 지나친 후 두 사람은 길에서 우연히 마주쳐도 서로 아는 체하지 않았다.

그 골목을 돌아가면

정훈은 차창을 내리고 담배를 피워 물었다. 조수석에 앉은 경우에게 한 대 권했지만 동생은 고개를 저었다.

"몇 번이었어?"

정훈의 물음에 경우는 의아한 눈으로 형을 돌아보았다.

"한 달에 스무 번도 넘는 신고에, 니가 나서서 출동한 게 몇 번이었냐고."

경우는 입을 닫은 채 천천히 눈을 깜빡였다.

"오늘은 너 혼자 출동했다며."

"그게 중요해?"

바람이 불어 담배 연기가 차 안으로 부옇게 밀려들어 왔다.

"드문 케이스지. 주취 상태의 범죄자들이 누군가를 찌르려고 할 땐 일반적으로 시야에 들어오는 상반신을 공격하는데. 대퇴부라니."

"제정신이 아닌 놈이니까."

"이십 분 안에 방 안에 있던 아내에게 상흔을 입히고, 자살할 결심을 했다……. 좀 이상하지 않아? 방 안에 있는 상자들 중 발 받침대로 쓰기에 가장 알맞은 높이인 컴퓨터 본체. 다른 물건들과 달리 먼지 하나 쌓여 있지 않은 걸로 봐서 물건들 가장 안쪽, 아래에 처박혀 있던 본체와 케이블을 그 짧은 시간 사이에 기억해내고 꺼내기에는 판단력이 현저히 떨어져 있었을 텐데 말이지. 그게 다가 아니야. 눈으로 보기엔 목을 매달기 적격인 큰방의 2단 행어를 앞에 두고 작은 방에 커튼조차 걸어두지 않던 커튼 봉을 찾아내서 목을 맸다……. 행어는 눈으로 보기엔 더할 나위 없이 튼튼해 보이지만 팔십 킬로그램에 육박하는 남자가 매달리면 그대로 무너지니까. 진작부터 주도면밀하게 자살을 계획했나 봐. 그치?"

"형."

정훈은 못 들은 척 낮은 목소리로 말을 이었다.

"소주병 파편이 거실 사방에 깔릴 만큼 요란하게 깨졌는데 정작 가해자인 사망자의 옷에는 작은 유리 조각 하나 붙어 있지 않았어. 패닉 상태에서 거실을 돌아다녔는데 발바닥에 박힌 파편도 없었고. 그 정도면 육안으로 보기에도 유리 조각 몇 개쯤은 튀어 있어야 말이 될 텐데. 죽기 전에 팔 벌려 뛰기라도 한 건가?"

"도대체 하고 싶은 말이 뭐야?"

초조하게 다리를 떨고 있던 경우가 주먹으로 글러브 박스를 내리쳤다. 정훈은 덤덤한 얼굴로 물이 반쯤 남은 생수통 안에 담배꽁초를 버렸다. 치익, 불씨 꺼지는 소리에 경우는 마치 어딘가 데이기라도 한 듯 표정이 일그러졌다.

"아까 네가 마시던 물통의 물을 마시는데 박하 냄새

가 나더라. 낮에 치과에 다녀왔지?"

경우는 무심코 입술로 손을 가져갔다.

"시신을 확인하러 갔을 때 옷에 이게 붙어 있었어."

정훈은 주머니 속에서 꺼낸 작고 흰 고무 조각 같은 것들을 내밀었다.

"치과용 퍼티야. 앞니에 본을 뜨고 나면 입술이나 입안 점막에 붙기 쉬운데 본인은 마취를 해서 붙어 있는 감촉을 잘 알아채지 못하지. 덩치가 만만치 않았으니까 제압하는 동안 상처라도 남기지 않았을까 싶어 살피는데, 싸한 냄새가 나서 봤더니 옷자락에 이게 붙어 있더라."

차내에 정적이 흘렀다.

정훈은 동생의 옆모습을 바라보았다.

"더 이상 할 말 없다. 아까 시신에 유리 조각을 뿌려 뒀어. 연고자가 와이프인 연서 하나라니까 아마 거기까지 수사가 진행되진 않겠지만 만에 하나 네가 자수를 하면 그 여자뿐 아니라 나도 공범이 된다는 거야."

차에 시동을 걸려던 정훈이 잠시 손을 멈추었다.

"피해자가 죽을 때까지 연서는 계속 기절한 상태라고 했지? 뭔가 이상하다고 생각하진 않았어?"

"아니야. 연서 누나는……. 그 인간 그냥 뒀으면 진짜로 연서 누나를 죽였을지도 몰라."

경우는 떨리는 손으로 차의 문 손잡이를 잡았다. 정

훈은 나가려는 동생의 멱살을 움켜쥐었다. 마주 본 두 눈동자가 곧 떨어질 열매처럼 흔들렸다.

"앞으로 그 이름 한 번만 더 입에 올리면, 그땐 세 명 중 하나 더 죽고! 너랑 나는 깜방 가는 거야. 내리지 말고 앉아. 보고 올라갈 때까지 제대로 내 뒤에 붙어 있어. 알아들어?"

곧 차 문이 닫혔다. 곁눈질해 본 경우의 무릎이 떨리고 있었다. 정훈은 병원을 향해 차를 몰았다. 그는 창문을 열고 소매에 묻은 담뱃재를 흔들어 털며 퍼티를 날려 보냈다.

열일곱, 친구들과 함께 학원을 가던 정훈의 저 뒤에는 같은 학원에 다니는 경우가 혼자 따라오고 있었다. 연서가 좁은 골목으로 자신을 불러냈을 때 친구들을 먼저 보낸 정훈은 골목 입구에 다가와 멈춰 서는 발걸음 소리를 들었다.

"나랑 사귀자."

연서가 고백한 순간. 운동화 뒤축이 닳아서 한쪽 발에서 고무 미끄러지는 소리를 내며 달리곤 하던 동생의 뜀박질 소리가 멀어지는 것을 들었다. 그 소리가 멀어지고 나서야 정훈은 입을 뗐다.

"너 나 안 좋아하잖아."

연서는 손등으로 이마를 문지르다가 웃으며 말을 꺼

냈다.

"그럼 그냥 사귀는 척만 해줘. 너랑 사귄다는 소문이 돌면 애들이 뒤에서 괴롭히거나 따돌리지 않을 테니까. 돈이 필요하면 내가 한 달에 얼마씩이라도 줄게. 삥 뜯기는 것보단 그게 나을 거 같아."

정훈은 사탕 상자를 내려다보다가 연서의 눈을 응시했다.

"경우가 너 좋아하는 거 알지?"

"그럼. 그래서 부탁하는 거야. 걔 나랑 사귀면 영웅 노릇한다고 같이 얻어터지고 다닐 게 뻔한데. 니가 일일이 쫓아다니면서 막아줄 수 있어? 아니, 자존심이 세서 너한테 얘기도 안 할걸."

눈을 내리감았다가 치켜뜨는 연서의 작은 눈동자가 날카롭게 빛났다.

"사겨줄 테니까 내 동생 주위에 얼쩡대지 마."

구두 발끝으로 바닥을 톡톡 두드리던 연서가 손을 내밀었다.

"사탕은 돌려줄래?"

정훈은 연서의 손바닥 위에 사탕 상자를 올려놓았다.

연서는 바람에 나부끼는 머리카락을 귀 뒤로 넘기며 말을 이었다.

"약속 지켜. 그러지 않으면 나도 무슨 짓을 할지 모르니까. 혼자 버티기는 좀 버겁거든."

연서는 박하사탕 한 개를 꺼내 껍질을 벗겨내고는 정훈의 입술 앞에 갖다 댔다. 입을 벌리자 차갑고 딱딱한 것이 비집고 들어왔다. 맵싸한 박하 향이 입 안 가득 번졌다.

이른 봄, 꽃샘추위 때문인지 코끝이 얼얼했다. 자기도 사탕을 하나 까서 입에 넣고 이빨 사이로 달그락거리던 연서가 돌아서려다가 멈추었다. 그리고는 정훈을 향해 빙긋 웃었다.

"참 좋은 형이구나, 너는."

아시아의 마지막 밤 풍경

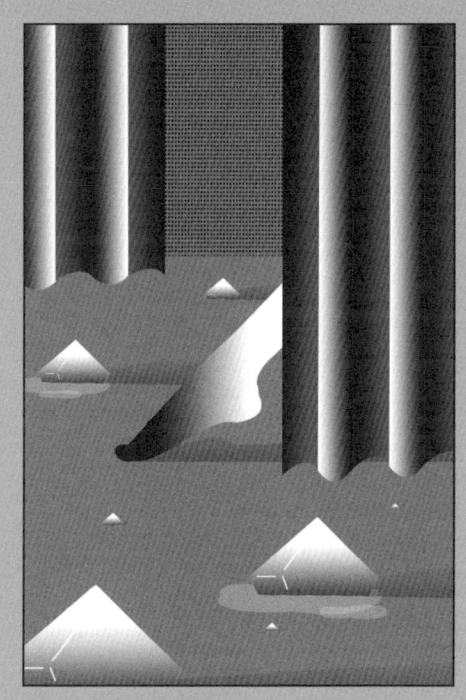

정지돈

2013년 『문학과사회』로 등단했다.
소설집 『내가 싸우듯이』,
장편소설 『작은 겁쟁이 겁쟁이 새로운 파티』,
문학평론집 『문학의 기쁨』(공저) 등이 있다.

공포소설을 쓰기 시작한 뒤부터 악몽을 꾸기 시작했다. 매일 귀신이나 영혼을 생각하니 당연한 일일지도 모른다. 꿈 내용이 명확히 기억나진 않지만 패턴은 매번 유사하다. 귀신이 있고 나는 귀신을 보지 않기 위해 노력하지만 귀신이 점점 다가온다는 사실을 알 수 있다. 기이한 표지들이 뒤따른다. 유리창에 습기가 차고 스위치가 달칵하는 소리가 들린다. 책이 바닥에 떨어지고 거울에 형체가 스치지만 쳐다보면 아무것도 없다. 부조리한 상황, 초현실주의 회화 같은 형상들도 보이는데, 미국의 남부를 배경으로 한 공포영화에 자주 등장하는 낡은 표지판이 침대 위에서 덜렁거리며 등 뒤를 가리킨 적도 있다. 소스라치며 잠에서 깨면 역시 침대 위. 불을 켜고 땀을 닦은 후 거실로 가서 물을 마신다. 컴퓨터를 확인하면 쓰다 만 공포소설이 있다. 나는 공포에 질린다. 안 쓰는 편을 택하겠습니다. 중얼거린 후 의자에 앉아서 잠깐 모니터를 보다 조금 더 쓴다. 마음에는 들지 않는다. 당연한 일이다. 소설이 마음에 들 리 없잖아. 친구는 그런데 왜 쓰냐고 했다. 소설을? 아니. 공포소설 왜 쓰냐고. 친구는 같은 직장에서 일하는데 얼마 전까지 프리랜서였다. 도저히 못 해 먹겠어. 친구는 프리랜서 생활을 할수록 자신이 희미해져가는 느낌이라고 했다. 어느날 거울을 봤는데 내가 반투명해져 있는 거야. 나를 통과한 빛이 굴절돼서 주변을 왜곡된 형태로 비추는 거지. 그는 기분 탓이 아니라고 했다. 이건 물리적인 현상이야.

친구는 취직 자리를 알아봐달라고 했고 어쩌다 보니 내 옆자리가 그의 자리가 되었다. 도저히 못 해 먹겠어. 그는 옆자리에 앉은 지 일주일 만에 말했다. 뭘? 회사생활. 모든 게 힘들지만 특히 출퇴근이 힘들다고 했다. 생각해봐. 만원 지하철을 하루에 두 시간씩 탄다고.

조금만 참아. 내가 말했다. 참고 말고 할 게 아니야. 존재가 초납작해지는 느낌이라고. 친구가 두 손바닥을 겹치며 말했다.

친구는 못 해 먹겠다고 했지만 납작해진 상태로 반년 더 다니는 중이었다. 물론 그동안 조금도 나아지지 않았다. 그런데 이 판국에 공포소설이라고? 친구가 말했다. 정신 차려.

 공포소설을 쓰기 시작한 건 만나는 친구 때문이다. 나는 그 친구와 일주일에 두어 번 잠을 잤는데 어느날 그가 잠꼬대를 했다. 선잠에 들었던 내가 깨어나 친구를 바라봤다. 친구가 말했다. 귀신. 응? 뭐라고? 친구는 눈을 감고 있었고 표정은 딱딱히 굳어 있었다. 귀신. 그가 다시 말했다. 잠이 확 달아나는 느낌이었다. 깨울까? 장난치나? 그러나 장난이 아니었다. 나는 자리에서 일어나 거실로 가서 물을 마시고 돌아왔다. 친구는 곤히 자고 있었다. 창밖으로 맞은편 아파트 동이 보였다. 대부분 불이 꺼져 있었지만 우리보다 서너 층 낮은 집 한 군데 노란 빛이 들어와 있었다. 머리를 길게 늘어뜨린 여자나 목맨 중년 남자가 보이진 않았다. 에이 뭐야. 나는 혼자 중얼거리며 커튼을 쳤다. 그리고 친구 옆에 누웠다. 친구의 할머니가 무당이었다는 이야기가 떠올랐다. 그래서 나도 신기가 있다는 소리를 꽤 들었지. 친구가 말했다. 꼬맹이일 때 지나가면 할머니의 친구 무당들이 신령님 지나간다, 하고 말하기도 했어. 안 무서웠어? 뭐가 무서워. 친구가 대수롭지 않다는 듯 말했다. 다 개소리야.

 나는 좀 무섭다. 왜인지 모르겠는데 무섭다. 귀신. 그는 왜 귀신이라고 말했을까. 꿈에 귀신이 나왔다면 신음을 흘리거나 비명을 지르면서 깨야 할 텐데, 친구의 음성은 나직했고 침착했다. 이름을 부르는 것 같았다. 친구에게 무슨 꿈을 꿨는지 묻지 않았다. 물으면 안 될 것 같았다. 바로 앞에 금기가 그어져 있고 이걸 넘으면 소금 기둥이 되어버려. 무슨 말인지 알지? 나는 입이 근질근질했지만 참았다. 그래서 소설을 쓰기 시작했다. 묻지 못하고 말하지 못하면 써야 하는 것 아닌가. 소설은 이렇게 탄생하는 거라고. 내가 말했다. 회사를 같이 다니는 친구는 고개를 저었다. 그런 걸 믿어? 친구는 철저한 이성주의자다. 포스트모던도 끝난 21세기에 이성을 신봉하거나 하진 않지만 어쨌든 이성주의자라고. 데카르트도 아니고 웬 이성입니까. 내가 묻자 친구는 정확히 말하면 이성을 추구하는 게 아니라 비이성을 경멸하는 거라고 했다. 샤머니즘 뿐 아니라 종교나 사이비 과학, 정신분석, 별자리, TV 예능 프로그램도 싫다고 했다. 예능 프로는 거기 왜 들어가? 대중을 미혹하는 것들은 다 싫어. 친구가 말했다. 그리고 할배들도 완전 싫어. 친구가 어제 있었던 일을 말했다. 그는 평소처럼 경의중앙선을 타고 퇴근했다. 서서 책을 읽고 있는데 갑자기 누가 책을 툭툭 쳤다. 깜짝 놀라 보니 앞에 앉아 있던 노인이 손가락으로 책등을 치는 것 아닌가. 이런 걸 왜 읽어. 노인이 말했다.

네?

이런 거나 읽고 있으니까 자살하고 그러는 거 아니

야! 노인이 소리쳤다. 친구의 책은 마르치오 바르발리의 『자살의 사회학: 세상에 작별을 고하다』로 제목이 표지에 대문짝만하게 적힌 책이었다. 명저야. 친구가 말했다. 그렇지만 그땐 노인이 그걸 알 수 없지. 그래서 어떻게 했어? 뭘 어떡해. 너무 당황해서 옆 칸으로 옮겼어. 그런데 가만히 있다 보니 열 받데. 그래서 몇 정거장 지나서 따지려고 아까 칸으로 갔어. 헉. 진짜? 응. 그런데 없더라고. 자리가 비어 있었어.

만나는 친구에게 이 이야기를 해주자 그는 친구가 여자냐고 했다. 응. 친구는 그래서 그런 일이 생긴 거라고 남자라면 별일 없었을 거라고 했다. 그렇지. 나는 고개를 끄덕였다. 그런데 남자가 지하철에서 책을 읽나? 나는 잠시 의문이 들었지만 말하지 않았다. 읽기도 하겠거니와 별로 중요한 문제 같지 않았다. 나는 친구의 신비 체험에 대해 묻기로 했다. 그가 눈치채지 못하게 은근히 영혼과 육체, 사후세계와 악마, 마귀, 귀신과 원혼, 흑마술과 엑토플라즘, 신내림과 아기동자에 대한 그의 생각을 물을 작정이었다. 그렇다면 "귀신"의 수수께끼를 풀 수 있을지도 몰랐다.

사후세계가 있다고 생각해? 내가 물었다.

친구와 나는 침대에 나란히 누워 창밖을 바라보고 있었다. 친구가 고개를 돌려 나를 보았다. 웬 뚱딴지 같은 소리야. 있잖아, 죽은 뒤에 가는 세상. 그런 거 믿냐고. 친구는 상체를 일으켜 침대에 양반다리를 하고 앉았다. 그런 걸 왜 물어? 그냥…… 그냥 갑자기 궁금하더라고. 죽으면 어떻게 되는지. 답변이 궁색해진 내가 말했다. 죽으면 어떻게 되나. 이대로 모든 게 끝인지, 살면서 있었던 일들, 잘못과 실수들, 행복한 추억이나 그런 것들은 어떤 평가를 받게 되는지, 죽으면 몸무게가 이십일 그램 준다고 하잖아. 그게 영혼의 무게라고. 영혼은 그렇게 가벼운 걸까. 우리 삶의 무게가 결국 이십일 그램인 걸까. 내가 말했다.

뭘 묻고 싶은 거야. 친구가 나를 내려다보며 말했다. 안 좋은 일 있어? 나는 고개를 저었다. 아니. 관두자.

소설을 쓰러 집에 가겠다고 하자 친구가 약을 챙겨줬다. 요즘 몸이 허한 거 같아. 나는 요즘 악몽을 자주 꾼다고 했다. 친구는 자기는 한 번도 가위에 눌려본 적이 없다고 말했다. 그래서 그게 무슨 느낌인지 몰라. 친구는 악몽도 현실적인 것만 꾸지 초자연적인 건 꾸지 않는다고 했다. 뭔가 특별한 느낌이 들었다. 가위에 눌리지 않는 사람이라. 그런데 왜 잠꼬대로 귀신, 이라고 한 걸까.

집에 돌아와 다시 소설을 쓰기 시작했다. 그런데 공포소설을 써봤어야 말이지. 공포소설을 읽어본 적도 없는 거 같다. 귀신이 나온다고 꼭 공포소설이어야 하는 법은 없다. 환상소설, 판타지, 고딕 또는 SF나 범죄물이 될 수도 있는 것 아닌가. 어쩌면 이건 단순히 언어에 대한 문제일 수도 있다.

회사 근처의 중국집에서 탄탄면과 꿔바로우를 먹고 산책을 했다. 간만에 날씨가 좋았다. 친구는 자기도 가위에 눌리지 않는다고 했다. 그리고 그거, 다 피곤해서 일어나는 일이야. 아니야. 나는 내가 겪었던 가위에 대해 이야기해줬다. 말소리가 들렸다. 침대 옆의 책상에 남녀 아이가 앉아서 대화를 나눴어. 나는 고개를 돌릴 수 없어서 겨우 눈만 돌렸는데 까딱이는 가늘고 여린 두 쌍의 다리가 보였다. 목소리들이 말했다. 쟤가 우리 본다.

어디서 들은 이야기 같은데. 친구가 말했다. 나는 고개를 끄덕였다. 말하고 나니 내가 겪은 일인지 누가 겪은 걸 들은 건지, 괴담 따위에서 본 건지 알 수 없었다. 그렇지만 전생도 실제로 있어. 내가 말했다. 〈그것이 알고 싶다〉 같은 프로에서 전생에 대한 편을 해줬는데 전생이 마귀였던 중년 남자가 나온 적이 있었다. 머리가 벗어진 평범한 인상의 사내로 프로그램을 위해 섭외된 일반인이었는데 최면술사의 지도에 따라 전생 체험을 하는 도중 괴성을 지르며 몸을 덜덜 떨기 시작했다. 최면술사가 몸을 누르며 누구냐! 라고 소리치자 중년 남자가 여태 들어본 적 없는 굵고 갈라지는 목소리로, 마귀다, 라고 외쳤다. 소름이 돋는 장면이었어. 내가 말했다. 제작진은 그 남자를 데리고 용한 점쟁이를 찾아갔다. 점쟁이는 남자를 보더니 대번에 이렇게 말했다. 너 사람 아니지. 소름. 대박. 나와 친구는 외쳤다. 점쟁이는 일필휘지로 남자의 전생을 그렸는데 사마귀 모양을 한 크고 이상한 생명체였다. 자네, 전생에 아주 사악한 존재였다네. 그렇지만 반성하고 인간으로 태어난 거지. 점쟁이가 말했다고 내가 말했다. 친구는 고개를 저었다. 그런데 왜 웃기지. 너 공포소설 쓰는 거 맞아? 나는 고개를 끄덕였다. 웃긴데 무서워. 내가 말했다. 친구는 어제 지하철에서 그 노인을 또 봤다고 했다. 그러니까 같은 칸의 끝과 끝에 있었는데 그 노인도 나를 본 거 같거든. 친구는 몇 정거장 고민하다 아무래도 말을 해야겠다고 생각했다. 뭐라고? 아무 말이라도 해야지. 또 다른 사람 책을 치면 어떡해. 그런 비이성적인 행동은 멈춰야지. 그랬는데 노인이 내려버렸지 뭐야. 다음에 보면 꼭 말하려고.

내가 귀신이나 유령에 끌리는 이유를 모르겠다. 사실 끌리는지도 잘 모르겠다. 지하철이나 엘리베이터 cctv에 찍힌 사람들은 귀신처럼 보인다. 귀신이 질 나쁜 영상에 자주 잡히는 건 그러니 자연스러운 일이다. 연결이 끊기는 전화 속 목소리는 다른 세계에서 들려오는 것 같다. 실제로 그런 거 아닐까. 전파는 존재하지만 눈에 보이지 않는다. 세계 안이면서 동시에 밖인 것. 귀신은 우리가 만들었지만 우리가 이해하지 못하는 틈으로 들어온다. 문명의 빈틈, 세계의 구멍. 귀신이나 영혼의 존재를 규정할 수 없는 건 당연한 일이다. 그것이 그들의 속성이기 때문에, 존재하거나 존재하지 않는 게 아닌 중첩되어 있는 것, 소리 나지만 들을 수 없고 느껴지지만 볼 수 없는 것. 왜 우리는 그 사실을 받아들이지 못할까.

  친구가 사는 아파트는 세 동으로 이루어진 작은 규모의 고층 아파트다. 강변에 있고 지어진 지 10년이 조금 넘었다. 신혼부부들이 많이 산다지만 가끔 홀로된 노인들도 보인다. 강변으로 산책을 갈 수도 있지만 그러려면 차들이 빠르게 달리는 도로 위의 육교를 건너야 한다. 요즘처럼 미세먼지가 심한 날은 가기 힘들지. 친구가 말했다. 우리는 침대에 누워 창밖을 보고 있었다. 밤이었고 도시의 실루엣은 단순한 정물화처럼, 창백한 설계도처럼 보였다. 입체감이 사라지고 톤의 구분에 따라 형태가 나뉘고 질감이 느껴졌다. 아파트의 복도에 난 유리창이 제일 어두운 색이었고 나는 늘 아파트 복도가 무서웠어. 어릴 때 4층에 살았거든. 못사는 동네여서 깨진 유리창도 있고 불이 껌벅이는 층도 있었지. 눈을 감고 뛰어올라가기도 했어. 그땐 민지 시리즈라는 무서운 이야기가 유행했는데 어떤 내용이었는지는 기억나지 않아. 발이 잘린 여자 아이의 영혼이 오백 원짜리 동전 안에 있다, 그런 거였어. 겨우 20여 년 전인데 그런 이야기가 유행했다니 그때만 해도 중세였던 거 같지 않아? 내가 말했다. 친구는 밖을 보며 가만히 있었다. 그는 잠시 뜸을 들이다 말했다. 그게 왜? 나도 그 이야기 기억나는데 사실일 수도 있잖아. 말도 안 돼. 그런 게 어떻게 사실이야. 내가 말했다. 글쎄. 친구는 고개를 돌리지 않고 말했다. 사람들이 얼마나 많이 죽고 사라지는데, 그게 그걸로 그냥 끝나는 거 같아?

응?

귀신. 친구가 말했다. 그는 등을 돌리고 누워 창밖을 보고 있었다. 나는 친구의 뒤통수를 바라봤다. 갑자기 서늘한 기운이 들었다. 응? 무슨 말이야? 귀신 말이야, 귀신. 저기 귀신 보여?

나는 건너편 아파트를 바라보았다. 단 한 집을 제외하고 모든 집의 불이 꺼져 있었다. 나는 불이 켜진 집의 창 안을 유심히 들여다봤다. 아무도 없는데. 내가 말했다. 거기 말고 불이 꺼진 집을 봐. 친구가 말했다. 불이 꺼진 아파트의 모든 유리창에 사람 형체가 서 있었다. 그들의 흰 눈이 일제히 나를 쳐다봤다.

나는 비명을 지르면서 깨어났다.

악마가 우울증과 종교적 절망에 시달리는 사람들을 공격하여 신을 모독하게 만들고 스스로 목숨을 끊도록 부추긴다는 생각은 널리 알려져 있었다. 햄릿도 연극의 2막에서 자신이 본 유령이 악마일지 모른다고 의심하며 아마 내가 약해지고 우울해진 틈을 타서 나를 지옥에 떨어뜨리려 하는지 모른다고 생각한다. 악마에게 우울은 우리를 해치고 파괴하는 강력하고 끔찍한 무기가 된다. 우울은 우리 몸을 쇠약하게 만들고 터무니없는 헛된 두려움으로 우리 정신을 위협하며 우리 본성의 모든 평온함을 어지럽히는 데 딱 맞는 도구다.

지하철에서 다시 노인을 만났을 때 친구가 『자살의 사회학』에서 읽고 있던 문단이다. 노인은 친구에게 삿대질을 하며 욕을 했다고 한다. 친구가 사과하라고, 책을 손으로 친 것과 자살이 어쩌고저쩌고라고 한 걸 사과하라고 하자 그렇게 행동한 것이다. 노인은 손을 들어 친구를 내리치려는 시늉을 했다. 친구는 꼼짝도 않고 노인을 노려보았다. 사람들이 달려들어 노인을 붙잡자 노인은 쌍욕을 하며 발악을 했다. 친구도 지지 않고 소리쳤다. 늙으면 다 죽어야 돼, 다 죽으라고. 나도 늙으면 죽을 테니까!

속이 다 시원하다. 친구가 옆자리에 앉아 말했다. 요즘도 계속 악몽 꿔? 응. 최근 꾼 악몽에는 귀신이 떼로 나왔다고 이야기를 해줬다. 친구는 그러지 말고 그냥 물어보라고 했다. 뭘? 귀신이라고 한 이유가 뭔지 물어보라고. 알고 보면 그냥 단순한 꿈일지도 모르잖아. 귀즈 프로그램에 출연했는데 질문이었던 거지. 죽은 사람의 영혼을 뭐라고 하죠, 같은 거.

물어봤다가 큰일이 나면 어떡해. 내가 말했다. 친구가 갑자기 정색을 하며 두 번 다시 그런 질문을 하지 마, 라고 하거나, 부들부들 떨면서 마귀다! 라고 소리치면 어떡하지. 귀신이 있거든, 우리 집에, 이렇게 말하면 어떡하지. 그럼 나는 그 친구 집에 더는 못 가는 거잖아. 내 말을 들은 친구는 깔깔 웃었다. 넌 정말 겁이 많구나.

사실 몇 주째 계속되는 악몽에 지친 상태였다. 소설도 진도가 안 나가고 그러니까 악몽은 계속되고. 팔자에도 없는 공포소설이라니. 나는 친구에게 물어보기로 결심했다. 안 그래도 친구의 아파트에 가는 날이었다. 친구는 스테이크를 먹자고 저녁 시간에 맞춰서 오라고 했다.

레어가 좋다고 했는데 친구는 웰던으로 구운 고기를 내밀었다. 어쨌든 감사히 먹었다. 아보카도 샐러드를 먹으며 슬며시 물었다. 그런데 전에 잠꼬대했던 거 기억나? 아니. 친구가 스테이크를 입에 넣으며 말했다. 내가 잠꼬대를 했어? 응. 귀신, 이라고 말했는데. 기억 안 나? 친구가 칼질을 멈췄다. 그는 자리에서 일어나더니 싱크대 쪽으로 갔다.

어디 가? 내가 물었다. 친구는 퉤, 하고 씹고 있던 스테이크를 뱉었다. 씨발. 존나 질기네. 친구가 말했다. 오싹한 기분이 들었다. 친구가 욕을 하는 건 처음 봤다. 괜찮아? 내가 물었다. 친구는 여전히 싱크대 앞에 서 있었다.

궁금해? 친구가 물었다. 내가 귀신이라고 한 이유가 궁금해?

나는 고개를 끄덕였다. 응. 아니, 그런데 꼭 말해주진 않아도 되고…… 나는 말끝을 흐렸다. 친구가 고개를 돌려 나를 봤다. 뒤를 봐.

응?

뒤를 보라고.

문득 뒤에서 끼익, 끼익하는 소리가 들리는 게 느껴졌다. 나는 고개를 돌려 뒤를 보려고 했다. 그런데 아무리 애를 써도 고개가 돌아가지 않았다. 왜 이러지. 내가 땀을 뻘뻘 흘리며 용을 쓰는 동안 친구가 다가왔다. 그의 손에는 고기를 썰던 칼이 들려 있었다.

나는 비명을 지르면서 깨어났다.

친구가 나를 내려다보고 있었다. 괜찮아? 깨웠는데 안 일어나더라. 출근 시간 늦겠다. 친구가 말했다.

귀신.

내가 말했다.

뭐? 친구가 말했다. 귀신. 내가 다시 말했다.

아시아의 마지막 밤 풍경

네 남자 이야기

주원규

2009년 한겨레문학상을 수상하며 작품활동을
시작했다. 장편소설 『열외인종 잔혹사』 『너머의 세상』
『천하무적 불량야구단』, 에세이 『황홀하거나
불량하거나』, 평론집 『성역과 바벨』 등이 있으며
2017년 tvN 드라마 〈아르곤〉을 집필했다.

합격 _ 김 씨 이야기

친애하는 김적우 씨. 혼란을 드린 점 사과드립니다.
어제 본사는 김적우 씨께 불합격 통보를 드렸습니다. 1, 2, 3차에 걸친 본사의 까다로운 전형을 모두 통과하신 김적우 씨께 불합격 통보를 드리게 되어 깊은 유감의 변을 표했었는데, 심사숙고한 결과 김적우 씨의 입사를 최종 허락하기로 결정했다는 말 새롭게 남기려 합니다.
본사는 100년 역사를 자랑하는 유서 깊은 기업입니다. 그만큼 직원 채용에 대한 남다른 기준을 갖고 있습니다. 그런 맥락에서 김적우 씨를 왜 불합격 처리했는지에 대해 비교적 상세히 말씀드릴까 합니다. 아울러 다시 합격하게 된 경위까지도 함께 설명 드리겠습니다.

 김적우 씨는 훌륭한 이력을 갖고 있습니다. 천여 명이 넘는 지원자들 중 김적우 씨의 이력은 단연 탁월했습니다. 김적우 씨의 2차 시험 결과 역시 뛰어났습니다. 여타 지원자들과는 다른 능력을 보여주었다고 판단합니다. 그런데 3차 면접 때 김적우 씨가 보여준 모습은 심사위원으로 참여했던 우리 모두를 당혹스럽게 했습니다.

 면접에 임하는 김적우 씨의 자세가 특별히 불량해서라고요? 아닙니다. 그럼 언변이 정신지체아 수준으로 어눌해서요? 그것도 아닙니다. 한 가지 더, 김적우 씨가 지적하신 것처럼 김적우 씨 본인 외모가 함량 미달이라 불합격시켰다고 생각한다고요? 그건 더더욱 아닙니다. 저희 회사는 오직 직원의 능력만을 볼뿐 외모나 학력, 배경엔 전혀 관심 없는 투명 기업임을 밝히고 싶습니다.

 김적우 씨가 불합격 판정을 받은 건 결정적으로 단 하나 본사가 요구하는 결정적 하나에 부합되지 않았기 때문입니다. 그 이유로 부득이하게 본사는 김적우 씨에게 불합격 통보를 내릴 수밖에 없었습니다.

 본사의 표어를 기억하시는지요. 바로 진실입니다. 진실!

 김적우 씨. 진실이란 건 말입니다. 말은 쉬워 보여도 가장 어려운 실천 덕목이라 생각합니다. 본사는 진실을 원합니다. 본사는 자신이 말한 진실을 어떻게든 실천하고픈 의지로 충만한 직원과 함께하길 원합니다. 그런데 김적우 씨는 결정적으로 저희에게 진실되지 못한 부분을 보여주고 말았습니다.

결정적인 그 하나가 도대체 뭐냐고요? 김적우 씨. 자기소개서 마지막 항목 '회사를 위한 마음가짐'에 기입해 넣으라는 문구를 기억하시는지요. 김적우 씨가 적어 넣은 답변을 본사는 똑똑히 기억합니다. 회사를 내 몸같이 아끼고 사랑하겠다는 답변 말입니다.

하지만 본사는 김적우 씨의 답이 진실이 아닌 새빨간 거짓이란 사실을 알아내고야 말았습니다. 김적우 씨는 분명 자기소개서에 회사를 내 몸같이 아끼고 사랑하겠다고 말했습니다. 그러나 본사는 김적우 씨가 2년 전 결혼식 때 지금의 아내에게 아내를 내 몸같이 아끼고 사랑하겠다고 말씀하셨던 육성 기록을 긴급 입수했습니다. 이래도 변명하시겠습니까. 김적우 씨.

김적우 씨. 몸은 하나입니다. 회사를 아끼고 사랑한다고 말씀하셨을 때의 몸과 아내를 내 몸같이 사랑하겠다고 말한 몸이 함께할 수 없는 게 아닐까요. 김적우 씨는 둘 중 하나를 선택하셔야만 하는 것입니다. 그것이 우리 회사 표어인 '진실의 실천'에 부합되는 선택일 것입니다.

불합격을 통보한 이후 본사는 내부 회의를 거쳤습니다. 치열한 토론 끝에 본사는 김적우 씨가 면접 때 마지막 한 말을 존중하기로 했습니다. 자신이 모르는 게 있으면 가르치고 깨우쳐달라고 한 말씀, 저희는 분명히 기억합니다.

본사는 진실의 실천을 위한 김적우 씨의 호소력 짙은 간청을 외면할 수 없었습니다. 그래서 고민 끝에 결정했습니다. 김적우 씨가 내 몸같이 아끼고 사랑하겠다고 말한 대상을 하나로 통일하기로 결정한 것입니다.

김적우 씨. 저희의 배려는 아마 집에 돌아가면 바로 확인하실 수 있을 겁니다. 기뻐하시기 바랍니다. 김적우 씨가 오직 본사만을 내 몸같이 사랑하고 아낄 수 있도록 조치한 저희의 배려를 오랫동안 기억해주시기 바랍니다. 김적우 씨. 최종 합격을 축하드립니다.

프러포즈 _ K 씨 이야기

— 날 사랑한다고 말해줘.

'그 정도 고백은 얼마든지 할 수 있다'고 K는 생각했다. 별다르게 돈이 드는 일도 아니고 S를 사랑하지 않는 것도 아니기 때문이다.

K는 누구보다 S를 사랑한다고 믿었다. 그 믿음은 한순간도 변함이 없었다. K는 S에 대한 사랑과 믿음이 영원히 변하지 말아야 한다고 스스로에게 세뇌하듯 다짐

해왔다. 그러니 그깟 '사랑한다'는 고백쯤 하루에도 삼천 번 넘게 들려줄 수도 있다고 K는 확신했다.

S의 프러포즈는 남달랐다. 그건 S가 외과 전문의를 준비 중인 3년차 레지던트라서가 아니다. 하지만 S의 프러포즈는 분명 특별했다. K가 '사랑한다'고 외칠 수 있는 특수 상황을 연출하는 건 그녀가 외과 전문의가 아니고선 불가능한 일이었다. 더구나 그녀를 따르는 헌신적인 동료 레지던트들이 아니었다면 더더욱 그랬을 것이다.

외과 실습실, K는 차가운 해부학 실습대 위에 눕혀졌다. S의 친구들은 K가 발버둥치지 못하도록 압박붕대를 이용해 K의 두 팔과 두 다리를 꽁꽁 묶었다. 친구 중 한 명이 주사를 들이밀었다. K가 발버둥치자 S가 조곤조곤한, 금방이라도 잠이 올 듯한 소리로 속삭였다.

K는 전신 마취가 아니라는 말을 똑똑히 들었다. K는 문득 섬뜩함에 치를 떨었다. S가 K에게 했던 말은 심장을 꺼낸 상태에서 '사랑한다'는 말을 해달라는 것이었다.

처음 K는 심장을 꺼낸다는 말이 무슨 뜻인지 알아듣지 못했다. S는 말한 그대로라고 했다. K의 심장을 삼십 초 동안만 꺼내자고 제안했다. 삼십 초 동안엔 심장이 몸에 붙어 있지 않아도 넉넉히 숨 쉬고 말할 수 있다고 했다. K같이 젊고 싱싱한 몸이라면 걱정할 깜도 아니라고 S는 말했다.

S가 요구한 프러포즈는 그런 종류였다. 심장을 몸으로부터 떼어낸 뒤에도 크게 힘주어 사랑한다고 말할 수 있을 정도의 담력을 가진 남자만이 자신을 차지할 수 있다는 말을 K에게 경고하듯 말했다.

물론 K는 S를 막중히 사랑하고 있다. 앞으로도 그럴 것이다. 그러나 전신 마취도 아닌 국소 마취만으로, 그러니까 의식이 있는 상태에서 심장이 자신의 몸 밖으로 끄집어 나온다고 상상하자 과연 사랑한다고 말할 수 있을지 두렵기만 했다. 수락을 했지만 두려운 건 마찬가지였다. 그래서 이렇게 사지가 묶이고 마취 주사를 맞고 급기야 날카로운 메스가 S의 손끝에서 번들거리는 모습을 지켜보는 순간 K는 오직 살아야 한다는 생각 외에 다른 생각을 할 수 없었다.

살아야겠다는 집념은 이내 극심한 두려움으로 발전했다. '살 수 있을까. 정말 심장을 빼놓고도 사람이 삼십 초 동안 숨 쉴 수 있을까. 만약 그렇지 않으면? 백 번 양보해 살 수 있다고 가정해보자. 다시 심장을 집어넣는 데 걸리는 시간은 어떡하지?'

곧이어 생살이 찢어질 것 같은 고통이 밀려왔다. S는 무정하고 차분한 손짓으로 K의 가슴팍을 도려내고 몸속 장기들을 이것저것 주무르더니 곧바로 심장을 각종 장기들과 연결하는 이름 모를 관들을 마구잡이로 잘라냈다. 전신 마취를 하지 않은 K는 S와 친구들의 손과 의

사 가운이 자신의 몸에서 쏟아낸 핏물로 얼룩지는 꼴을 두 눈 부릅뜨고 고스란히 지켜봐야 했다.

잠시 후, 뭐가 이렇게 간단할까 싶을 정도로 K의 심장이 S의 수중에 들어왔다. S가 벅찬 숨을 가라앉히며 K의 심장을 들어 올리며 말했다.

— 사랑한다고 말해줘.

이상한 일이 벌어졌다. K는 사랑한다고 말하지 못했다. S가 말한 삼십 초 동안 '사랑한다'는 말을 하지 못한 것이다. 하루에 삼천 번이라도 할 수 있을 그 흔한 고백을 K는 끝내 하지 못했다.

그래서였을까. K의 심장은 삼십 초, 일 분, 십 분이 지난 후에도 S의 손에서 벗어나지 못했다.

야생동물보호협회 _ 길 씨 이야기

— 우리 협회에서 하는 일은 막중합니다.

막중하다는 말. 자신을 협회 회장이라고 소개한 옹翁으로부터 그 말을 듣는 순간 이제 막 가입 서류에 사인한 신입회원 길吉은 사명감에 불타올랐다. 무언가를 보호하고 지켜준다는 거. 이것만큼 봉사정신, 박애정신을 분출할 수 있는 긍정적 통로가 더 어디 있단 말인가. 아주 잠깐 가입을 망설이던 길에게 옹은 다음의 말도 잊지 않고 들려주었다.

— 우리 협회는 다른 협회와 다르게 엄청난 봉사정신을 요구합니다. 때론 자신을 희생하면서까지 말이죠.

— 희생이라면?

— 협회 창설 취지에 맞게 제 몸 하나 아끼지 않고 기꺼이 내던지는 봉사 정신의 극치 같은 거 말입니다.

이런 식의 말에 길이 매료된 것은 길을 포함해 사회적으로 천 명 중 한 명 있을까 말까 한 막중한 박애심을 선천적으로 타고 난 이들을 감동시키기에 더할 나위가 없었다. '자신의 몸 하나 기꺼이 희생한다.' 길은 그 말이 단지 감상적 언어유희가 아니길 간절히 바랐다.

인터넷 카페를 통해 협회를 알게 된 길이 처음부터 손쉽게 협회 신입 회원으로 등록된 건 결코 아니었다. 준회원으로 가입되고도 길은 한 달 가까이 더 기다려야 했다.

다른 협회와 달리 이곳 야생동물보호협회는 엄격한 회원관리 룰이 적용되었다. 독특하면서도 비장한 회원제 운영 방식은 바로 종신회원제였다.

한 번 결정된 회원들 중에 불의의 사고, 지병 등으로 유명을 달리한 경우에 한해 결원을 보충하는 취지로 신입 회원을 받아들인다는 종신회원제 룰을 전해 듣는 순간 길은 적어도 1년 이상은 기다려야 되는 거 아닌가 하는 회의적인 생각을 가졌다. 그런데 막상 회원 가입까지 한 달도 채 걸리지 않아 오히려 기이한 의문이 들었다.

'종신회원제 결원이 이렇게 빨리 생길 수 있나? 노벨상 심사위원도 한 번 바뀌려면 10년 이상 기다려야 하는 게 종신제 특성인데 말이야.'

어쨌거나 길은 우선 가입하고 난 후 캐문자는 심사로 결원이 났다는 옹의 소식에 냅다 협회 사무실로 달려가 신입 회원 가입란에 자필 사인을 해버렸다. 이로써 길은 야생동물보호협회의 정식 회원이 되었다. 그것도 종신회원이다.

협회 회장인 옹은 길에게 회원 가입을 축하하고 야생동물보호를 어떤 식으로 진행하는지에 대한 것도 알려주겠다는 당찬 포부를 밝혔다.

일단 회원 가입 축하 인사가 일사불란하게 진행되었다. 옹의 호출 한 번에 한 시간이 채 지나지 않아 종신제 회원 삼십 명 모두 사무실에 도착했다.

성별性別은 남성이 압도적이었다. 여성은 오십대 후반으로 단 한 명이었는데, 외모와 체격만 보면 남성, 그것도 이종 격투기 선수에 가까워 보였다. 다른 남성 회원들도 호락호락한 체구는 아니었다. 길은 그들을 보며 생각했다. '야생동물 보호는 보통 체력과 담력이 아니고선 견디기 힘든 업무구나.' 그런 생각이 들자 길은 더 열심히 봉사 업무에 임해야겠다는 사명감에 사로잡혀 대뜸 옹에게 협회 주요 활동에 대해 물었다. 옹은 조심스럽지만, 분명하게 약간은 독특할 수 있는 협회 주요 활동을 알려주었다.

— 우리는 서로를 지켜주고 보호하는 일을 합니다. 그러다 간혹 불미스러운 일이 발생하기도 하죠. 그렇기 때문에 결원이 제법 빈번하게 일어나기도 합니다. 뭐. 그 덕분에 회원님께서도 한 달 만에 가입할 수 있는 거지만요.

길은 그제야 한 가지 잊고 있던 생각이 떠올랐다. 야생동물의 범위에 대해 말이다. 옹은 우리 협회는 단 한 가지 야생동물 종種만 취급한다고 했다.

늦은 감이 있지만 길은 옹과 회원들이 자신의 몸을 줄곧 야생적으로 훔쳐보고 있다는 사실을 짐작했다.

숭배 _ 무명無名씨 이야기

숭배하는 소희 님. 이젠 사랑한다는 말 대신 숭배하는 소희 님으로 부르고자 합니다.

처음부터 그랬던 것 같습니다. 제 마음 속엔 사랑이 곧 숭배였던 것 같단 말입니다. 사랑이란 고결한 감정이 제겐 곧 숭배인 셈이죠.

숭배는 비단 신에 대한 맹목만 있는 게 아니랍니다.

제가 소희 님을 사랑하는 그 마음이 바로 숭배입니다. 오해는 말아주세요. 제가 소희 님을 숭배한다 해서 소희 님이 제게 일말의 관심이나 부담을 느낄 필요 전혀 없습니다. 정말이지 그렇습니다. 전 그런 점에서 쓰레기 스토커와 사이코 들과는 격이 다르다는 걸 강조하고 싶습니다. 이런 걸 굳이 밝혀야 하는 삭막한 현실이 서글프네요. 하지만 워낙 세상이 정신 나간 인간들 천지이기에 명확히 제 입장을 밝히지 않으면 안 될 것 같습니다.

흔히들 이야기하는 우리 소희 님을 추하게 따라다니는 스토커들과 제가 어떻게, 무엇이 다르냐고요. 그건 아마 소희 님을 숭배하고 사랑하는 방식의 결정적 차이에 있는 것 같습니다.

스토커와 일반 팬들은 우리 소희님을 결코 숭배의 대상으로 보지 않습니다. 겉으론 그래 보여도 말이죠. 그 쓰레기들은 소희 님을 자신의 소유물로 생각합니다. 감히 자신의 머릿속에서 소희 님을 자기 여자로 만들려는 온갖 음탕하고 저속한 상상에 사로잡혀 있답니다. 전 정말이지 할 수만 있다면 우리 소희 님을 욕보이는 그 음탕한 스토커들의 머리통을 산산조각 내고 싶습니다. 지구상에 그 흔적을 찾아볼 수 없게 말이죠.

잠시 흥분했습니다. 제가 그런 쓰레기들과 어떻게 다르다는 걸 규명하려다 그만 흥분한 것 같습니다. 본론으로 돌아오겠습니다.

전 소희 님을 숭배한다고 거듭 밝혔습니다. 저에게 있어서 숭배와 사랑은 동일합니다. 저의 사랑은 여타의 소유욕과 다릅니다. 소희님은 결코 소유될 수 있는 존재가 아닙니다. 간혹 무대나 티브이에서 우리 소희 님에게 야한 농담을 던지거나 소희 님의 육신을 천박하기 이를 데 없는 손길로 더듬는 녀석들이 있다 해도 전 소희 님이 영원한 숭배의 반열에 오르기에 충분한 존재일 수밖에 없다는 사실. 너무나 잘 알고 있습니다. 소희 님을 향한 저의 사랑은 이런 수준입니다. 이 점이 다른 스토커들, 역한 쓰레기들과 제가 결정적으로 다르다고 자신 있게 말할 수 있습니다.

그렇습니다. 단적인 예로 영원한 싱글일 것 같던 우리 소희 님이 결혼한다는 갑작스러운 소식을 접했을 때 싸구려 스토커들이 보인 값싼 비난과 감정적으로 쏟아내는 저주의 악플들을 저는 똑똑히 기억합니다. 하지만 저는 결코 소희 님을 비난하지 않았습니다.

세간에 우리 소희 님이 재벌 3세의 재력에 눈이 멀어 사귀던 동료 연예인 A 씨를 배신하고 갑작스럽게 비밀 결혼을 감행했다는 소문이 떠돌 때 전 그따위 루머를 퍼뜨린 싸구려 인간들을 모조리 소희 님이 활동하시는 무대 아래에 파묻어버리고 싶었습니다.

이만큼 저는 소희 님을 사랑하고 있다는 걸 밝히고

싶습니다.

 소희 님. 저의 사랑은 숭배입니다. 숭배는 숭배하는 대상에게 자신이 가진 모든 것을 헌신합니다. 그러고도 숭배의 대상에게 아무 것도 원하지 않는, 그저 바라만 보는 극치의 사랑입니다.

 제 자랑 같지만 이런 저의 숭배에 대해 한 마디만 더 밝히면 다음과 같습니다.

 소희 님은 결혼 직후 출연하신 예능 프로에서 이런 소망을 밝힌 적이 있었습니다. 남편 분과 한순간도 헤어지고 싶지 않다고요. 남편의 웃는 얼굴을 항상 곁에서 보고 싶다고요.

 저는 소희 님의 바람을 어떻게든 이뤄드리고 싶었습니다. 최선을 다해 헌신하고 싶었습니다. 그래서 남편 되는 분이 환하게 웃던 어느 날 정오, 그 분의 목을 잘라 소희 님이 애용하시는 흰색 밴 룸미러에 탈취제 삼아 걸어두었습니다. 아직까지 확인 못하신 것 같던데, 지금 이 편지를 받는 대로 매니저에게 확인해보라고 하시면 좋겠습니다.

 전 소희 님을 숭배합니다. 전 쓰레기들과 다릅니다. 그걸 알아주셨으면 좋겠습니다. 부족한 글 끝까지 읽어주셔서 감사합니다.

종점식당

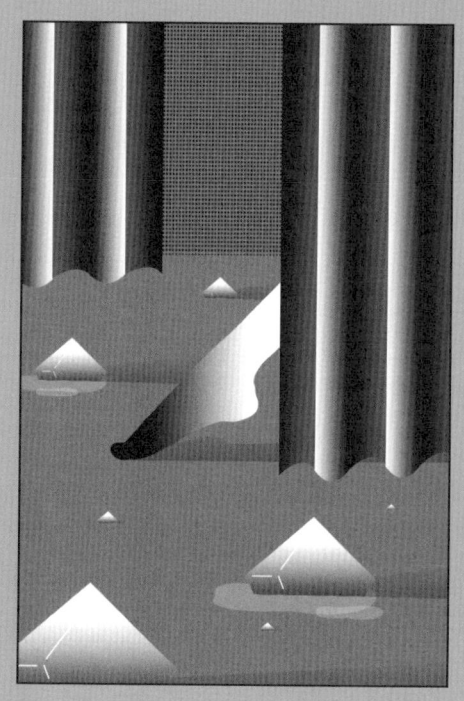

채현선

2009년 『조선일보』 신춘문예로 등단했다.
소설집 『마리 오 정원』,
8인 테마소설집 『1995』, 장편소설 『207mile』이 있다.

1.

숨바꼭질이다.

스물네 평 아파트는 넓지도 좁지도 않은 크기다. 그가 그렇게 말했고 나도 같은 생각이다. 누구든 몸을 숨기기에는 넓지도 좁지도 않지.

"잡히면 죽는다? 진짜야."

대답이 돌아올 리 없다.

회사를 그만둔 게 이유일까 짐작만 할 뿐 말해주지 않았으니 알 수 없다. 그가 사라지기 시작했다. 하루에 한 번에서 세 번으로 다섯 번으로 횟수가 늘었다. 이제는 머리카락 하나 보이지 않는다. 그때 알아챘어야 했던 건가 생각을 한다. 반나절 없어졌다 돌아왔던 순간 이유를 물어야 했을까 후회한다. 그는 그 다음 날 완전하게 모습을 감춰버렸다.

그가 사라지기 전 나는 매일 기억할 수도 없는 꿈을 꾸었다. 불쾌하지 않은 꿈이라 여기지만 선명하게 잡히는 것은 없다. 한밤에 깨어나 더듬어보면 그는 없고 온기가 사라진 베개나 시트 자락이 잡혔다. 손가락이 기억하는 모습. 세모꼴 턱과 까끌까끌하게 감각되던 수염과 옅은 숨의 온기 같은 것들이 손에서만 맴돌았다.

고양이처럼 살금살금 욕실 쪽으로 몸을 낮춰 걷는다.

조용히 걷는 게 숨은 사람에 예의를 갖추는 것일 테니 그렇게 한다. 욕실 문 손잡이를 단단히 움켜쥐고 하나, 둘, 셋, 열어젖힌다.

"잘도 숨었네. 키가 그렇게 큰데 몸은 어떻게 구긴 거야?"

아무 소리도 나지 않는다. 사라지고 찾고, 벌써 6개월째다. 찾아야지. 욕실에서 아이 방에서 다용도실에서 베란다 구석에서 표정 없는 얼굴로 나타나고는 했으니까.

완전히 모습을 감추기 전에는 잠을 잤다. 깨지 않고 이어지는 잠이었다. 먹지도 웃지도 울지도 않는 그의 옆에서 딸아이는 스케치북에 그림을 그렸다. 잠든 아비의 얼굴을 만지고 손을 잡고 유치원에서 배운 노래를 귓가에 들려주었다. 달콤한 솜사탕 같은 노래도 소용없이 그의 잠은 깊었다. 하루가 지나고 다음 날 어스름해질 때까지 깨어나지 않고 죽은 듯 잤다. 나는 한 번씩 다가가 숨을 쉬고 있는지 가슴에 얼굴을 가만히 대고 확인했다. 낮은 숨소리를 듣고 나면 이불을 뒤집어쓰고 약간은 어두컴컴한 그 안에 있었다.

"그릇들이 비껴나며 내는 소리가 좋아. 그 소리를 듣고 잠에서 깨는 일이 마음에 들어. 뭔가 기적 같잖아."

"그릇이 비껴나는 소리?"

"그릇 건조대에서 몸을 포개어 있다 자기도 모르게 덜컥, 비껴나. 그걸 어떻게 설명하겠어. 그런 일들이 세상엔 얼마나 많은데."

몸을 흔들거나 소리를 내 깨우는 것은 아이나 나였지만 그는 몰랐다. 가까이 앉아 내 얼굴을 빤히 바라보는데도 어느 한쪽이 허물어진 눈동자로 허공을 떠다녔다. 어느 날에는 막막한 눈빛으로 검붉게 번져가는 해의 자취를 지켜보았는데, 뒷모습이 완벽하게 굳어가는 석고상 같았다.

그는 아이가 그린 그림에서도 잠을 잤다. 삐뚤빼뚤 그림 속에 이불을 덮고 길게 누워 있는 그와, 그의 손을 잡고 있는 아이와 내가 있었다.

"어디 있니?"

베란다의 세탁기 속을 들여다보고 주방과 거실 소파 밑을 뒤져도 없다. 오래 얼굴을 보지 못했고 몸을 만지지 못했다. 손끝에 감각되던 기억으로 시간이 흘러간다. 그와 나에게 스물네 평짜리 아파트 안은 정말 넓지도 좁지도 않은 곳일까. 열어젖힌 욕실 문 앞에 선 채로 이름을 부른다. 어딘가에서 금방이라도 토해지듯 그가 걸어 나올 것만 같다.

2.

그가 자주 갔던 곳은 '종점식당'이다.

내가 없는 시간을 혼자 보냈던 장소라 생각하면 마음이 뾰족하게 일어선다. 나는 일주일에 두 번 공방으로 출근해 생활소품에 그림을 그렸고, 그런 날이면 퇴근 후 들러 밥에 술을 곁들였다 했다. 그는 종점식당의 상세한 위치와 일어난 일들과 주인 남자의 손짓이라든지 말투라든지 그런 것들을 들려주었다.

"주인 남자 배가 얼마나 큰지 몰라. 고래 같다니까."

이렇게, 이렇게, 하며 일어서서 허리 뒤로 손을 짚으며 배를 앞으로 쑤욱 내밀어 보였다. 아무리 부풀려도 마른 몸의 그는 고래가 될 수 없다. 나는 바람을 빵빵하게 넣으려 애쓰는 그를 보며 까르르 웃었다.

"그럼 당신은 고래 배 속에 앉아 있는 거겠네."

내 말에 그가 뒷목을 긁으며 배시시 웃었다.

그날부터 내게 종점식당 주인 남자는 고래였다. 떠올리면 익숙한 곳처럼 그곳 밤 풍경이 눈앞에서 몸을 불리며 일어섰다. 식당의 미닫이 출입문이 열리고 손님들을 따라 성긴 눈발이 들이친다. 한밤의 어두운 골목으로 식당의 불빛이 길게 가로지른다. 둥글고 커다란 배의 주인 남자가 앙증맞은 고양이나 강아지 그림 에이프런을 두르고 식당을 누빈다. 삶의 굴곡이 그대로 내려앉은 투박한 뒤태로 음식을 만들고 손님 테이블로 내오는 장면은 아무래도 좀 푸근하게 그려진다.

그는 비나 눈이 내리는 풍경을 조용히 바라보다 뜨끈한 국물을 떠 넣고 술잔을 오래 만지작거린다. 그랬어야 한다.

내가 찾아갔을 때 그곳에 종점식당은 없었다.

24시간 환하게 불을 밝힌 편의점이었다. 있다가 사라진 것이 아니라 오래전부터 편의점이었다고 했다. 왜 이상하다고 생각하지 못했을까. 종점식당은 회사 부근도 아니고 집과도 정반대 동네에 있다. 그는 거짓말을 못 하는 사람이다. 돌멩이가 몇 개 있는지 물의 결을 따라 몸을 흔드는 수초가 어떻게 생겼는지 들여다보였으니까. 융통성 없이 곧이곧대로 움직였기에 늘 곤란을 겪었다. 보이는 그대로일 수밖에 없는 투명한 세계였다. 내가 상상할 수 없는 다른 게 있을 리 없다. 장면들, 눈을 감지 않아도 부드럽게 일어서는 몸의 소리와 체취 같은 것들이 선명한 힘으로 나를 흔들어놓는다. 그는 여전히 내가 아는 모습으로 익숙하다.

유치원에서 아이를 데려와 거실에 내려놓는다.

강아지처럼 깡충깡충 뛰어다니는 아이를 붙잡아 옷 갈아입히고 머리를 다시 묶어주었다. 거실 창의 겨울 햇빛이 조그만 머리통에 금빛 테두리로 내려앉았다.

주방에 들어서니 식탁에 우유팩이 놓여 있다. 입구가 열린 채다.

"몇 번을 말해. 마시고 냉장고에 안 넣으면 상한다니까."

그는 자신이 집 안에 있음을 이런 흔적들로 알리고 나는 그런 그를 확인한다. 그가 남긴 자국들은 곳곳에 있다. 양말 한 짝, 방금 전 벗어놓은 땀 냄새나는 축축한 속옷, 안경과 서류 가방과 식탁에 남은 얼룩 같은 것들로 이곳에 있다.

아이를 씻기려 욕실로 들어서자마자 초인종이 울린다.

"잠깐만 그대로 있어. 엄마 금방 올게. 알았지?"

아이는 대답 없이 고개만 끄덕인다. 그가 사라진 후 도통 입을 열지 않는다. 유치원에서는 곧잘 말하는 것 같은데 집에만 오면 입을 닫아건다. 보이지 않는 그가 이유 아닐까 짐작할 뿐 다그쳐본 적 없다. 여섯 살 마음에도 상처라는 이름으로 무언가 고여 있겠지.

그의 앞으로 온 택배였다. 이우진. 이름을 손으로 찬찬히 쓸었다. 며칠째 내리던 눈이 그쳤는지 창밖이 고요해졌다.

택배로 온 것은 낡은 망원경이었다. 왜 이런 것을 샀는지 짐작할 수 없다. 렌즈는 흠집이 가득했다.

베란다로 나와 망원경에 눈을 대고 이리저리 각도를 조절하니 눈에 들어오는 것들이 있다. 사방의 나무들과 집들과 먼 곳의 산, 뿌옇지만 풍경들이 바로 앞의 것처럼 가까웠다. 방향을 옮기자 건너편 베란다에 쪼그려 앉아 담배를 피우는 여자가 보였다. 조리개를 조절해 당기는 순간 바닥에 담배를 비벼 끈 여자가 일어선다. 나는 망원경을 내려놓으려다 다시 붙잡았다. 여자가 두 팔을 벌렸다. 바람이 머리카락을 함부로 흩트렸다. 여자가 손을 흔들었고, 앉아 있던 나는 바닥에서 일어섰다. 여자는 웃고 있었다. 아이 같은 말간 웃음이었다. 분명 내 쪽을 향해 손을 흔든다. 그녀의 눈이, 천진한 표정이 모든 걸 말해주는 듯했다.

여자가 두 팔을 벌린 채 난간에 기대선다. 너무 위험하지 않은가 소리라도 질러야 하나 싶지만 여자와 나는 목소리가 닿지 않는 먼 거리에 있는 사람들이다. 내게 인사를 건네려는지 다시 손을 흔들더니 허공으로 몸을 날렸다. 순식간에 벌어진 일이다.

나는 난간을 단단히 붙잡고 아래를 내려다보았다.

여자는 사라졌다. 처음부터 없었던 것처럼 흔적도 없이 주차장 바닥이 깨끗했다. 아이들이 와아 하며 지나는 풍경을 한참 보았다. 멀리 개 짖는 소리가 들려왔다.

희미하지만 높고 날카로운 음인 걸 보면 작은 강아지가 분명하다. 왁자한 아이들 소리보단 개 소리가 낫다. 겁먹은 쥐 같은 얼굴로 골목을 돌아다니는 지저분한 아이들 따위는 질색이다.

개 짖는 소리가 멈추자 사방이 고요하다. 이렇게 적막한 오후 속에 홀로 서 있는 것은 좀 너무한 일 아닌가 싶다. 난간에서 손을 놓고 허공으로 몸을 날렸던 여자는 어디로 간 것일까.

3.

그의 마지막 모습을 기억한다.

공방에서 돌아오니 그가 스케치북 위에 서 있었다. 나를 보더니 어정쩡한 자세가 된다. 무언가를 그리고 있었던 모양인데 말하지 않을 테니 묻지 않았다. 대신 조그맣게 웃어주었다.

"아빠 뭐 해?"

그가 서둘러 스케치북을 덮었다. 아이가 곁에 바짝 붙더니 배시시 웃었다. 그와 아이는 외모나 성격이 많이 닮았다. 외출을 하면 사람들은 단박에 아이 얼굴에서 그를 찾아낸다.

"숨은그림찾기. 맞아. 숨은그림찾기 같은 거야."

아이가 고개를 갸웃했다.

"엄마, 아빠가 숨은그림찾기 한대."

시장 봐온 것들을 식탁에 올려놓는 내게 쪼르르 달려와 안기며 말했다.

"그래. 아빠는 아기가 되고 싶은가 봐."

아이의 정수리에 입을 맞추자 겨울 햇살 냄새가 끼쳐왔다. 재채기가 나올 정도로 매콤하고 아찔했다. 고개를 돌리니 그가 벽에 기대 서 있다.

봉지에서 시금치를 꺼내 다듬고 씻었다. 시금치는 뚜껑을 열고 데쳐야 독소가 휘발된다. 맞는 건가. 무엇이든 정확하거나 분명한 것만은 아니니까. 시금치를 넣을 된장 국물이 자박자박 자갈밭 밟는 소리를 내며 끓었다.

무섭도록 조용한 일상이 이어졌다.

아침에 일어나보면 그가 벽에 바짝 붙어 서 있었다. 걸음도 벽에 붙어 걸었다. 벽과 벽 사이를 스며들 듯 천천히 옮겨 다녔다. 불안한 눈동자는 아니라서 마치 즐거운 놀이를 하는 아이처럼 보이기도 했다. 벽에 선 채로 잠이 든 그에게 다가가 얼굴을 쓸어내리면 눈을 뜨고 아무것도 실리지 않은 눈빛으로 나를 보았다. 시간이 흐를수록 벽에서 떨어지지 않으려 했고 발바닥이 아프다며 발밑에 서너 장의 이불을 깔아 하루를 보냈다.

바닥에 눕지 못하게 되자 나와 아이는 그의 발치 가까이에서 잠을 잤다. 그는 벽에 붙어 밥을 먹었고 우리는 그를 올려다보며 밥을 먹었다. 잠을 못 이겨 스르르 바닥으로 주저앉으면 손을 잡아끌어 옆에 눕혔다. 불에 덴 듯 바닥에서 일어나 다시 벽에 붙어 선다. 벽과 그의 몸 사이에는 조그만 틈새도 없는 듯했다.

아이는 아침에 일어나 작은 입술을 오므리고 노래를 불렀다. 표정 없는 얼굴로 아이를 바라보는 그의 눈 속에 검은 그림자가 있었다. 나는 낮고 긴 의자에 앉아, 노래 부르는 아이를 어루만지고 뒤통수와 머리카락에 입을 맞췄다. 내 입맞춤에 아이는 여지없이 까르르 웃음을 터뜨렸다. 어떤 때는 그가 예전의 모습으로 돌아오기도 했다. 아무렇지 않게 웃고 말하고 밥을 먹었으며 나란히 앉아 텔레비전을 보았다. 우리와 함께 바닥에서 한 이불을 덮고 잠들었다. 그러다 며칠씩 벽에 서 있었다. 반복되고 교차하는 일상이 이어졌다. 그와 틈새가 넓어져 갈 때마다 "지금만 지나고 나면, 이 순간만 지나고 나면 괜찮을 거야. 그거면 되잖아." 그의 목을 그러안고, 그의 귀에, 내 마음에 속삭였다. 그가 손을 들어 내 머리를 쓰다듬고 내 어깨를 붙잡았다. 아주 가벼운 손, 공기처럼 가벼운 손이었다.

갠차나. 갠차나.

아이가 혀 짧은 소리로 노래를 불렀다. 작고 사랑스러운 입술의 시간이었다. 그의 모습을 본 것은 그날이 마지막이었다.

4.

아무것도 하지 않고 아무것도 기다리지 않는다.

아무것도 하지 않는 내 손은 생기가 빠져나간 식물처럼 쭈글쭈글하다. 나무줄기 같은 이런 모습이 그리 나쁘지 않다.

그를 꿈속에서 다시 보았다. 창창한 햇빛 속을 가로질러가는 뒷모습이 눈앞에서 아른거렸다. 물오른 싱싱한 배추 같은 모습을 향해 손을 내밀었다. 그의 등이, 바닥에 그려진 정오의 짧은 그림자가 온전히 손안에 들어왔다.

욕실에서 세수를 하고 나오는데 리모컨이 발끝에 채여 저만치 밀려난다. 또 볼륨을 낮추고 텔레비전을 보다 사라진 모양이다. 그가 흘린 소파 밑의 과자 부스러기들을 걸레로 훔쳐내고 리모컨을 집어 다시 테이블에 놓는다. 아무리 말해도 습관은 달라지지 않는다. 오늘처럼 과자 부스러기를 흘리고 양말을 벗어 아무 데나 던지고 몸의 자국으로 이곳저곳에 옷을 흘리는 일, 결혼을 하고 아이를 낳고 함께 시간을 지나오는 동안 변함없었다.

그의 서재를 청소하다 책상 밑에서 종이 상자 하나를 발견했다.

공룡 대백과사전과 날이 무딘 만능 칼 세트, 발모제,

자동차 광택제와 기다란 망원경과 휴대폰 배터리와 어디에 쓰는 것인지 알 수 없는 잡동사니들이 들어 있다. 스프링이 둥글게 휘어지고 가장자리가 닳아 부슬부슬하게 표면이 일어선 스케치북을 꺼내 펼쳤다. 신체 부위를 그려놓은 서툰 솜씨의 그림들이 이어졌다. 마지막 장에는 그를 닮은 얼굴이 있었다.

스케치북 종이들을 뜯어 차례로 나열했.

모두 열두 조각이었다. 일어서서 내려다보니 종이에 그려진 맨몸의 그가 있었다. 숨은그림찾기가 시작되었다. 그림들을 가져가 그가 서 있던 벽에 붙여나가기 시작했다. 면과 면이 맞대어지고 선과 선이 만나서 그가 되었다. 벽에 붙은 그의 얼굴을 손으로 쓸었다. 세모꼴 턱과 까끌까끌하게 감각되던 수염과 뾰족하게 솟은 코와 얄따란 입술이 손에 닿았다. 옅은 숨의 온기가 배어 손끝에서 감돌았다. 그림 옆으로 다가가 나란히 선 후 그의 하얀 손에 내 손을 얹었다. 건너편 벽의 거울 속에 그와 내가 손을 잡고 있는 모습이 들어 있었다.

갠차나. 갠차나.

나는 아이의 노래를 부른다. 내가 기억하는 것은 이 부분 뿐이지만 아이가 그랬듯 솜사탕처럼 포근포근하게 부풀려보려 고개를 높이 쳐든다. 내 목소리가 작은 개가 짖는 소리처럼 희미하지만 높은 음표들을 그리며 퍼져나간다. 이유 같은 건 중요하지 않다고 나는 생각을 한다. 그릇이 비껴나는 소리 같은 설명할 수 없는 일, 그와 내가 하는 숨바꼭질도 마찬가지다. 알 수 없는 일들이 무시로 솟아나는 하루를 나만 살고 있는 것은 아닐 것이다.

거실 창 앞에 누워 있던 아이가 작은 소리로 칭얼거린다. 덮어준 담요를 발치께까지 밀어내더니 겨울 햇살이 스며든 창 쪽으로 돌아눕는다. 식물을 실내에 놓아두면 환한 햇살 쪽으로 몸의 방향을 튼다지. 아이가 저렇게 오랜 낮잠을 자는 것은 처음이다. 그를 닮아 뒤통수가 동그랗다. 신생아실에서 보자마자 아이를 뒤집어 뒤통수를 확인했다. 그런 나를 보고 그와 신생아실 간호사들이 쿡쿡 웃었다. 머리 묶을 때마다 납작한 뒤통수가 불만이었던 나와 달리 동그래서 다행이라는 생각을 몇 번이나 했더랬다. 그림이 된 그의 옆에 선 채로 거실 창 앞의 아이 쪽으로 천천히 손을 뻗어나간다. 머리쯤을 쓰다듬자 내 손이 닿기라도 한 듯 아이가 잠시 몸을 뒤친다.

다시 눈이 내리기 시작했다. 바람이 지나며 세상을 후드드 흔들었다. 누구든 몸을 숨기기에 스물네 평 아파트는 넓지도 좁지도 않은 크기인가 나는 곰곰 생각을 한다. 고래처럼 크고 둥글지는 않지. 그가 열두 조각의 몸으로 여기에 있으니 나쁘지 않다.

시린 발

2018년 7월 20일 1판 1쇄 펴냄

지은이	금희 외
펴낸이	김성규
책임편집	박다람쥐
디자인	진다솜
펴낸곳	걷는사람
주소	서울 마포구 월드컵로16길 51 서교자이빌 304호
전화	02 323 2602
팩스	02 323 2603
등록	2016년 11월 18일 제25100-2016-000083호

ISBN 979-11-89128-07-4 04810
ISBN 979-11-960081-2-3 (세트)

* 이 책 내용의 전부 또는 일부를 재사용하려면 반드시 지은이와 출판사의 동의를 얻어야 합니다.
* 잘못된 책은 교환해 드립니다.
* 이 책의 국립중앙도서관 출판시도서목록(CIP)은 서지정보유통지원시스템 홈페이지(http://www.seoji.nl.go.kr)와 국가자료공동목록시스템(http://www.nl.go.kr/kolisnet)에서 이용할 수 있습니다. (CIP제어번호:2018022353)